岩波文庫

32-701-4

ダンテ

新生

山川丙三郎訳

岩波書店

解題

「新生」の著者ダンテは千二百六十五年イタリアのフィレンツェに生れた。千三百年この都市の最高官プリオレの一人となつたが、越えて二年政變に累せられてフィレンツェを逐はれ、處々に流寓し、千三百二十一年ラヴェンナで客死した。

「神曲」をはじめ、ダンテの著書の大部分はその追放以後に成つたもので、それより以前の作としては「新生」と、リーメ若くはカンツォニエーレと名付けられてゐる詩集の中の幾篇かの詩があるだけである。

「新生」は作者が十八歳の時からその後八九年までの間に作つた詩すべて三十一篇を骨子とし、これにその由來を述べた散文と各詩の區分とを加へ、出來事の順序を逐うて編成したものである。しかして編成の年月は明かでないが、ベアトリーチェの死後一周年に當る日の事及その後の事などが書中に明記されてゐる點から見れば、千二百九十一年の後半より早くはない。多分その翌年か翌々年かのいづれかであらう。但し散文は編成當時のもの、詩は概してその前書《まへがき》の場合々々に作つたものと見えるから、最初のソネットと散文との間には九年か十年かの時の差がある譯になる。隨つて散文中には編成當時の感想や批判が混じてゐ、またベアトリーチェを中心とした「新生」にベアトリーチェ以外の婦人に關する戀愛詩をも收めてあるので、詩と散文との間に往々にして完全な調和を缺いてゐることがある。

オックスフォード版の「新生」は四十三章に、イタリア・ダンテ學會版の「新生」は四十二章に分たれてゐる。もとは一切章別のなかつたものを、第十九世紀にアレッサンドロ・トルリが引用の便宜上、四十三章に分けてから、それが慣例となつたのであるといふ。また前者ではソネットの十四行を四・四・三・三に分け、後者では八・六に分けてある。

「新生」といふ語は作者自らこの小册子に附した名であつて、これを單に若き生命《いのち》の意とする人もあるが、おそらく愛にめさめた新しい生命の意であらう。

さてこの物語が史實に基礎を置いてゐるか、または寓意象徵を主眼とした純想像の所產であるか、將又ベアトリーチェといふ一女性を藉りて一つの完全な女性の描寫を試みたものであるかといふ問題に就ては古くから多くの異論異說がある。しかし現今では史實說が一般に認められてゐる。また他意を雜へず、自然のまゝにこの書を讀む人ならば誰しもこれに事實上の背景あることを信ずるであらう。勿論「新生」中に理想の入交つてゐることや、寓意象徵の處々に點在してゐることは何人も否定しえないであらうが、これらは作者の性格や境遇や時代の反映などが或事實を通して現れて來たのであつて、始めからこれらを主眼として作者が構想し且敍述したのではあるまい。

「新生」がベアトリーチェを中心としたダンテの愛の歷史であるに拘らず、事件の進行に著しい變化なく、とりわけダンテに對するベアトリーチェの感情の殆ど捕捉し難い事、及その性格がすべて抽象的に敍せられてゐる點などで多くの他の同種類の物語とその趣きを異にしてゐる。之に反しベアトリーチェに對するダンテの感情の敍述は概して緻密であり明瞭であつて、特に書中に散見するその細やかな心理描寫にいたつては全く近代的といつてよい。「新生」はこの意味に於て、いはゞ一篇の抒情詩の變形である。

十二世紀の末から十三世紀の半に亙つてイタリアの文界を風靡したものはトロヴァトリと稱する詩人達の詩であつた。この詩人達はフランスの南部に起り、既に久しい以前からプロヴェンツァ語で歌つてゐたもので、彼等のうちには後イタリアに流れこみ、この國の貴族などに優遇された者が多かつた。まだ國語の詩といふ程の詩のなかつたイタリアがこの人々から多大の影響を受けたのも自然である。そしてイタリア北部の詩人達がトロヴァトリに倣つてプロヴェンツァ語で詩作をしたのに對し、南部の詩人達は己が土地の言葉を用ゐた。しかし言葉こそ異なれ、詩想に於ても措辭に於てもトロヴァトリ以上に多く出でないといふ點では同一であつた。また前期のトロヴァトリ詩人が純官能的な愛に終始したのに對し、後期のトロヴァトリ詩人は既に或程度まで愛を純化し理想化したのであるが、これに伴ふべき表現の進歩なく、徒に傳統を墨守したため、愛の觀念の變化に伴つてその詩の詩的價値を高めるまでには到らなかつた。

ボローニアの人グィード・グィニツェルリが十三世紀の半頃、その卓越した學と才とを以て詩風革新の陣頭に立つに及び、舊詩派の形式主義にあきたらなかつた少壯詩人達は相亞いで之に呼應し、後遂にダンテの所謂清新詩體なる一詩派を形成するにいたつた。而してこの詩派の重なる人々としてはグィード・カヴァルカンチ、ダンテ、ラーポ・ジャンニ、チーノ・ダ・ピストイア等の名が擧げられてゐる。

おしなべて清新詩體といふものの、その詩人達は凡ての點に於て舊詩の覊絆を脱したのでなく、思想に於いても表現に於いても頗る顯著にその名殘を止めてゐたのである。然るになほこの派の人々がイタリア文學史上に一時代を劃するにいたつたのは、かれらの詩才と學識と眞や美に對するその眞摯な態度とによつて實質的に革新の實を示したからである。しかしてこの詩派の詩人中特にすぐれた者を擧ぐれば、まづ指を「新生」の作者に屈しなければならない。

さりながら、ダンテの初期の作品には舊詩の影響があまりに著しく、殆ど模倣の域を出でないと思はれるものもある。また常套的な愛の人格化の如き、「新生」の隨處に描かれてゐる異象の如き、散文中の九の數への愛着の如きは、時代の背景に遠ざかつた現代人の眼から見れば、むしろ不思議といふの外はない。また各詩の區分の如きは非藝術的であつて、ダンテ自ら後年これが挿入を悔いたとの說さへあるといはれてゐる。

思想と表現と、詩才と學殖と渾然相融和し、これに構圖の雄大を加へて一大伽藍の觀をなす、かの「神曲」に比すれば、「新生」は畢竟若年のダンテの一習作に過ぎない。それにも拘らず、この小册子が今猶文界にその地步を占めてゐるのは、これが單に「神曲」との連繫上特殊の意義をもつといふだけでなく、またイタリア文學に於ける最初のすぐれた作品として文學史的見地から重要であるといふだけでなく、その純化した愛の觀念、表現の上の多くの獨自性、全篇を通じての若々しいいぶき、詩の由來における淸新な響などが作品その物に獨立した價値を有たしめてゐるからである。

新生

一

私の記憶の書《ふみ》の一部で、それより溯ると讀みえらるゝ事柄のすくないところに「新生玆に始まる」といふ一の項目がある。その項目の下に書かれてある言葉を私はこの小册子に寫してみたいと思ふ。殘らずでなくとも、せめてその要旨だけをなりと。

二

私の心の中の榮光の淑女が始めてわが目に現れたのは、私が生れてこの方、光の天が、その固有《もちまへ》の廻轉から言つて、はや九度《こゝのたび》殆ど同一の點に歸つた時の事である。彼女《かねな》はその呼び方を知らぬ多くの人々にもベアトリーチェと呼ばれてゐた。

彼女が世に出でてよりこの時にいたるまでの間に、衆星の天は東方に向つて一度の十二分の一動いてゐた。それゆゑ彼女は九歳の始めの頃私にあらはれ、私は九歳の終りの頃彼女を見たのである。現れたとき彼女は紅といふいとけだかい、しとやかな、落ついた色の衣を着、そのいと稚《をさな》い齢に相適《ふさは》しいやうな帯をし、飾をつけてゐた。げにこの刹那、心の最奥の室《へや》に住む生命《いのち》の靈は、極めて小さな脈々にさへ恐ろしく顯れるほど強く顫ひはじめ、そして顫ひながら言つた、『視よ、我よりも强き神の、われを從へんとて來れるを』と。

この刹那、あの高い室、卽ち官能の靈達がその覺《さとり》を送り入れるところに住む知覺の靈は、いたく異《あや》しみはじめ、そして特に視覺の靈達にむかつて言つた、『汝等の福祉今現れぬ』と。

この刹那、人の營養の司られるところに住む自然の靈は泣きはじめ、そして泣きながら言つた、『あはれわが幸《さち》なさよ、今より後我は屢妨げられむ』と。さてこの時から《愛》は、かれとかく早く結ばれたわが魂を支配し、私の想像がかれに與へた力により私に對して大きな自信と主權とを有するにいたつたので、私は全くその好む通りに何事をも爲さなければならなかつた。かれは幾度も私に命じてこのいと稚い天女を見ることを求めしめた。それゆゑ私は、童《わらべ》のとき幾たびも彼女を尋ねてゆき、そのいと氣《け》高い讃むべき擧動《ふるまひ》を見た。詩人オーメロの『彼女は死すべき人の女《むすめ》と見えず、神の女とみえる』といふ言葉も確に彼女については言ひえられたのである。またしばしも私を離れなかつた彼女のおも影は、《愛》を勵まして私の主たらしめたものの、その德がいと高かつたため、理性の忠實な勸めを聞く必要ある物事に於ては、かゝる勸めを省みずに私を支配することをば一度も《愛》に許さなかつた。しかしかほど稚い時代のさま〴〵な感情や行爲を云々するのは徒言《あだごと》としか見えぬゆゑ、私はこれらを棄て、これらのことの出づる原《もと》なるあの手本から引出しうべき多くの事を通り越して、私の記憶のうちもつと大きな段々に錄されてある言葉に移らう。

三

多くの日數《ひかず》立ち、このいと貴い婦人が前記の如く現れてから丁度九年が終るといふその最後の日の事、この妙《たへ》なる婦人は、純白の衣を着、二人《ふたり》の年長《としかさ》な貴婦人のなかで私に現れた。そしてとある道を通りながら、私のおづ〳〵立つてゐるところへ目をむけ、そのえもいはれぬ優《やさ》しさ（それが今、大きな世で報いられてゐる）から私に會釋をした、福祉のあらん限りをその時見極めたと私の思つたほどしとやかに。

私が彼女《かねな》のいとなつかしい會釋を受けた時刻は、たしかにその日の第九時であつた。そして彼女の言葉が私の耳に聞えるために出たのはこれが始めてであつたので、私はうれしさのあまり、醉心地になつて人々を離れ、私の室《へや》の一《ひとつ》のさみしいところに身を寄せてこのいと優しい婦人のことを考へはじめた。

彼女のことを考へてゐる間に、一の爽《さわやか》な睡りが私を襲つた。そして、そのうちで一の不思議な異象が現れた。私は室の内に焰の色の雲を見、その雲の中に誰《た》が目にも恐ろしい容貌《かほかたち》をした一人《ひとり》の主の姿を認めた。不思議なことに、かれ自身ではいたく喜んでゐるらしかつた。そして語りながらさまぐの事を言つたが、私によくはわからず、わかつたうちでは『我は汝の主なり』といふ言葉があつた。その腕《かひな》には一人の人が裸のまゝ、一枚の紅の織物に輕く裹まれただけで眠つてゐた。それをよくく心して視て私はそれがあの平安の淑女、晝のうち私に會釋をしてくれた者であると知つた。また片手にかれは一面に燃えてゐる一の物を持つてゐた。そして私に『汝の心を見よ』と言つた。暫の後、かれは眠れる婦人を呼び起し、その手の中に燃えてゐる物を、强ひて勸めて彼女に食はせ、彼女はおそるぐそれを食つた。後間もなくかれの悅びはいといたましい涙に變つた。また斯く泣きつゝかれはこの婦人を抱《いだ》いた。そしてともに天に向つて立去つた如くに見えた。そのため私が大きな苦しみを受けたので、私の弱い睡りは堪へきれずして破れ、私は目覺めた。そして直《す》ぐに考へはじめて、この異象の現れた時刻が夜の第四時であると知つた。されば言ふまでもなくそれは夜の終りの九時間のうちの第一時であつたのである。

さて私に現れたもののことを考へてみて、私はそれをその頃名高い詩人であつた多くの人達に聞かせようと思ひ定めた。それに私は、韻文を物する技《わざ》をはや自得してゐたので、一のソネットを賦して、《愛》の從者一同に安否を問はうと思ひ定めた。そして私が睡りのうちに見たものをかれらに書送りつゝ、私の異象の判斷をかれらに請ふことにした。そしてその時『返言して』といふ次のソネットを賦しはじめた。

〔第一ソネット〕
返言《かへりごと》して思ひを我に知らせよとて
　わがこの言の葉の訪れむ
すべての戀ふる魂や雅心《みやびごゝろ》に幸ひあれと
その主なる《愛》の名によりて祈《ね》ぐ。
星みな燦《あざ》やかなる時の間《あひだ》の
三《みつ》の一《ひとつ》ほど過ぎしころ
《愛》ふとわれに現れぬ、
そのさま憶ひ出づるも恐ろし。
《愛》は悦べるごとくに見えぬ、

手にわが心あり、腕《かひな》には織物に
　裹まれてわが淑女の眠れるありき。
かくて呼び醒しつゝ、謙《へりくだ》りて、
　この燃ゆる心をば、恐るゝ女に食《くら》はしめ、
　後泣いて去り行けり。

このソネットは二部に分たれる。第一部では、安否を問ひ答を求め、第二部では、何に答ふべきかを言ひ現してゐる。第二部の始めは『星みな』である。

このソネットには多くの人が答へてさま〲の意見を寄せた。そしてその答へた人達のなかには私が今友達のうちで第一の人と呼んでゐる者があつた。かれはこの時『思ふに汝は凡ての尊きものを見たり』といふ一のソネットを作つた。そしてこれがいはば彼と私との間の親みの因《もと》となつたのである、このソネットを贈つたものの私であることをかれが知つたそのときに。

くだんの夢の眞義は、當時一人《ひとり》としてさとる者がなかつた。しかし今ではいかに鈍い人にも明かである。

四

この異象あつて以來、私の自然の靈はその作用を妨げられはじめた。これは魂が一筋にこのいと貴い婦人のことを思ひつめたからである。そこで私は僅の間に弱り衰へ、多くの友が私を見て心をいたむるまでにいたつた。さてまた多くの人々は好事《かうず》のあまり私から、自分が全然人に隱さうと思つてゐたことを、はや聞き出さうとつとめた。私はかれらの間のよくないことを知つたので、理性の勸めに從つて私にさしづをしたその《愛》の意志のまに〳〵かれらに答へて、私をこのやうにしてしまつたのは、《愛》であることを告げた。《愛》のことを言つたのは、それをもかくしおほせぬほどそのしるしが數多く私の顏に現れてゐたからであつた。しかし『この《愛》は誰によつて君を斯く窶《やつ》れさせたのか』と問はれた時、私は微《ほゝ》笑《ゑ》みながらかれらを見、そして何をも言はなかつた。

五

ある日の事、このいと貴い婦人は、榮光の女王の讚美の聞えるところに坐し、私は私の福祉の見える場所にゐた。また直線にして彼女《かねな》と私との眞中に當るところに姿のすぐれて好ましい貴婦人がひとり坐してゐた。この婦人は、私の視線がその身に終つてゐるらしいのを異《あや》しみながら幾度も私を凝視《みつ》めた。そこで多くの人々が彼女のみつめるのを知つてよく〳〵これに注意したので、ここを去る時私は誰か私の後方《うしろ》で『見給へ、某《なにがし》の女がこの人の身をいかに窶れさせるかを』といふのを聞いた。名をいつたため、私は其があのいと貴いベアトリーチェより起つて私の目に終つてゐるその直線の眞中の婦人のことであるとわかつた。そのとき私はいたく心を安んじた。私の祕密が、その日、私の目付きによつて人にさとられることのなかつたのを確《たしか》めたから。

そしてすぐに私はこの貴婦人を實《まこと》のための護《まもり》としようと考へた。そして少時《しはし》の間に度々それを行つたので、私の噂をする人々の大部分は、私の祕密を知つたと信ずるにいたつた。この婦人によつて私は幾年月もわが身のさまを隱してゐた。そして、なほかたく人々に、しか信じさせるやう、いくつかの短韻を彼女のために作つた。しかしあのいと貴いベアトリーチェのことを述べるに相適しいものの外は、それをこゝに錄《しる》さうとは思はない。それゆゑ悉くそれを棄て、たゞその一部で彼女の讃美とみえるものだけを錄さう。

六

さてこの婦人が、かほど私にとつて深い愛の護となつてゐた時分、私はあのいと貴い婦人の名を記《しる》して、これに多くの婦女達の名、就中件の貴婦人の名を列ねようとの願ひを起した。そして至高の主がわが愛人の故郷となしたまへる都のうちのいと美しい婦女六十人の名をえらび、セルヴェンテセの形《かた》にあはして一の書簡を作つた。但し私はそれをこゝに錄すまい。またそれを作る時に起つた不思議な事を話す爲でなければ、そのことをさへ言はなかつたのであらう。不思議とは、わが愛人の名がこの婦女達の名のうちで九の外いかなる數のところにとゞまることをも肯じなかつたといふことである。

七

私がかく久しく自分の思ひを隱してもらつてゐたその婦人は、先に言つた都を去つて、遥に遠い處へ行かなければならなかつた。そのため私はこの美しい護を失つて殆ど狼狽し、私自身でさへ前には考へられなかつたほどいたく力を落した。そして若し私が彼女の去ることに就て多少の憂ひを言現さなければ私の祕しておく事がいよ〳〵はやく人に知られると考へたので、私は一のソネットで多少の哀み《かなし》を述べようと思ひ定めた（そのソネットをこゝに錄さう、私の愛人がこのソネットの中の或言葉の直接の原因であることはこれを理解する人の知るごとくであるから）。そしてその時『あゝ汝等愛の道を』といふ次のソネットを賦した。

〔第二ソネット〕

あゝ汝等《愛》の道を行く者よ、
　たゝずみて見よ、
わが憂ひの如く深き憂ひ世にありや。

たゞ請ふ忍びてわが言ふことを聞き、
しかして後思へ、
我は一切の苦《くるしみ》の宿《やど》またその鑰《かぎ》ならぬやを。
げにわが足らはぬ徳ゆゑならで、
己自ら尊《たふと》きため、
《愛》は我にいと麗《うるは》しく和《のどか》なる世を送らせき。
されば我は後方《うしろ》にて屢人のいふを聞きたり、
『あゝ何の功徳ありてか
この人、心かく爽《さわやか》なる』と。
今やわれ愛の寶のうちよりいづる
わが樂しみをみな失ひ、
いふをさへ恐るゝほど
貧しくなりぬ。
かゝれば己が足らざるところを
耻ぢて隱す人々の如くせんとて、

面《おもて》には悦びをみせ、
心にはくづをれて泣く。

このソネットには二の重な部分がある。第一部では、預言者エレミヤの『あゝ汝等路ゆくすべての人々よ、とゞまりて見よ、わが憂ひのごとき憂ひ世にありや』といふ言葉をかりて《愛》の従者達に呼びかけ、そして私の言ふことを聞いてくれるやうかれらに請はうと思ひ、第二部では、《愛》がどのやうな境地に私を置いたかを語り（但しこのソネットの終りの部分に現れてゐる意味とは違つた意味で）、且また私がそれを失つたことを言つてゐる。第二部の始めは『げにわが足らはぬ』である。

八

この貴婦人が去つて後、諸天使の主は、聖旨《みむね》によつて、その榮光のもとに一人の婦人を召し給うた。この婦人は年若く、姿甚だ貴く、先に言つた都のうちでいたく愛《め》でられた者であつた。私はその身體《からだ》の、いと傷《いた》はしく泣くあまたの女達のなかに、魂なしに臥してゐるのを見た。其時私は、嘗て彼女があのいと貴い婦人と共にゐるのを見たことを想ひ出して數行の涙を禁じえなかつた。そして泣きながらその死に就て何か言葉を連ねようと思ひ定めた。これは以前彼女を私の愛人と一處《ひとつところ》で見たそのことに報いる爲である。また私の連ねた言葉の終りの方で私がいくらか是に言及ぼしてゐることは、それを理解する人の明かに知るごとくである。さてその時賦したのは次の二のソネットであつて、そのうち先のものは『泣け戀する人々よ』に、後のものは『賤しき死』に始まつてゐる。

〔第三ソネット〕

泣け、戀する人々よ、《愛》泣けば、
　その歎く理《ことわり》を聞きて泣け。
《愛》は女達の、深き憂ひを目より出して
《慈悲》を呼び求むるをきく。
さるは賤しき《死》、貴き心に
　そのつれなきわざをおよぼし、
貴き女にとりて譽《ほまれ》とともに

世に稱《たゝ》へらるべきものをみな滅ぼしたればなり。
聞け、いかばかり彼女を《愛》の崇めたるやを。
われ見しに、この者眞《まこと》の形をあらはし、
死せる愛《め》づべき姿にむかひて歎き、
またしば〱天を仰ぎぬ、
いと美しき身の主《ぬし》なりし
たふとき魂のいま住むところを。

この第一のソネットは三部に分たれる。第一部では、《愛》の従者達に呼びかけてその泣くを促がし、その主の泣くことを言ひ、且またかれらがなほよく私の言葉に耳を傾けるやうになるため、『その泣く理《ことわり》を聞きて』といひ、第二部では、件の理を述べ、第三部では、《愛》がこの婦人にえさせたある譽のことを語つてゐる。第二部は『《愛》は女達の』から、第三部は『聞け』からである。

〔第四ソネット〕

賤しき《死》、慈悲の仇、
　憂ひの老母、
　あらがひがたき酷《むご》き審判《さばき》よ、
　汝この憂き心になやみの
　因《もと》を與へたれば、
　わが舌汝を責むるに疲る。
われ世の好《よしみ》より汝を斷つを願ふによりて、
　積りに積れる汝の咎を
　言はでかなはじ。
　こは人の是を知らざるがゆゑならで、
　この後愛を食《は》む者の
　是に對《むか》ひて怒りを起すにいたらん爲なり。
汝は世より雅《みやび》を奪ひ、
　女の德とし尊《たふと》まるべきものを奪へり。
　若き美しき時にあたりて、

慕はしき爽さをば滅ぼせり。
われかの淑女の人知る性《さが》をいふのほか
その誰なるをあらはすまじ。
救ひを受くるにたへざる者は
彼女と共にあるを望まざれ。

このソネットは四部に分たれる。第一部では、いくつかの相適しい名で《死》に呼びかけ、第二部では、之に物言ひながら、私が之を責めようと思ふにいたつた譯を述べ、第三部では、これを難じ、第四部では、誰とはなしに或人にむかつて物言つてゐる(私の意味からいへばそれは分明《はつきり》してゐるが)。第二部は『汝この憂き心に』から、第三部は『われ世の好より』から、第四部は『救ひを受くるに』からである。

九

この婦人が亡くなつてから幾日かの後、ある出來事のため私は、先に言つた都を離れて、以前私の護であつたあの貴婦人のゐる地方へ行かなければならなかつた（私の行先はその住居ほど遠くはなかつたのであるが）。そして外見《みかけ》は賑かな一行であつたものゝ、私にとつては、自分の福祉から遠ざかるので、この旅は甚だ物憂く、心におぼえる苦しみを殆ど嘆息《ためいき》で洩すことの出來ぬほどであつた。それゆゑ、あのいと貴い婦人の徳によつて私を支配してゐたいとうるはしい主は、私の幻のうちに、輕く粗服を纏つた一人《ひとり》の旅人となつて現はれた。かれはうち萎《しを》れた様子で地を見つめ、たゞ、をりふしその目を私の行く道に沿うて流れてゐる一條《ひとすぢ》の美しい、急《はや》い、そしていと淸らかな川にむけるだけであつた。

《愛》は私を呼んで次の様に言ふらしかつた、『己《おれ》は長く汝《おまへ》の護となつてゐた女の處から來た。で、この後久しくあれの歸つて來《こ》ぬことを知つてゐる。それゆゑ己《おれ》が汝《おまへ》のためあれに預けておいたその心臟《こゝろ》を己はこゝに持つてゐる。そしてあれと同じ様に汝の護となる女のもとへ己はこれを持つて行くのだ』。こゝで彼女の名を言つたので私は明かに其人と知つた。『とはいへ、己が汝に言つた言葉のうちどれかを語る場合には、おまへがあの女に示した、そして次の女に示さなければならない愛の、表面《うはべ》だけであることを、その言葉でさとられぬやうにいふがよい』。斯う言つた時、《愛》がおほかた私の身に移つたやうに思はれて、私のこの幻は忽ちみな消え失せた。それで私は、顔貌《かほかたち》も殆ど變つたまゝ、その日は深く思ひ沈み、幾度か大息《といき》をつきつゝ馬を進めた。そしてその日過ぎて後これについて『駒に跨り』といふ次のソネットを賦しはじめた。

〔第五ソネット〕

駒に跨り、このまぬ旅に物思ひつゝ、
われ往日《ききつひ》、とある道をゆき、
道半《なかば》にて旅人《たびびと》の
扮装《いでたち》輕き《愛》にいであふ。
その姿のあはれなるは
己が主權を失へるにか、
人を見じとて頭《かうべ》を垂れ、
大息《といき》つきつゝ物思はしく步み來れり。
さて我を見、わが名を呼びて
言ふ、『われは遠き彼方《かなた》より來ぬ、
かしこにぞ、わが意によりて汝の心ありしなる。

我是を携行《もてゆき》て新しき喜びに仕へしめんとす』。
斯く言へる時、《愛》はおほかたわが身に移りて
消え失せぬ、我その次第を知らざりき。

このソネットは三部から成つてゐる。第一部では、《愛》に遭うた次第と、かれがどのやうに私に見えたかを言ひ、第二部では、私にかれの言つたことをいひ（祕密の顯れる恐れがあるので殘らずそれを言ひはしないが）、第三部では、かれの見えなくなつたことをいつてゐる。第二部は『さて我を』から、第三部は『斯く言へる時』からである。

一〇

さて歸つて後、私はわが主が大息《といき》の道で私に名指《なざし》をしたその婦人を尋ねに行つた。そして簡略《てみじか》に言ふと、間もなく彼女《かねな》を私の護とし、果《はて》はあまりに多くの人々がこれに就て禮にかなはぬ事を言つて屢私をいたく苦しめるまでに到つた。そしてこれが爲、卽ち罪の汚名を私に負はすやうな誇張した風評《うはさ》のため、あのいと貴い婦人、衆惡の破壞者諸德の女王であつた婦

人は、ある處を通る時、私にそのいとうるはしい會釋を拒んだ――私の福祉のすべて宿つてゐるその會釋を。こゝで私は少しくさしあたりの主題を離れて、彼女の會釋が私のうちでどのやうに働く力をもつてゐたかを說かうと思ふ。

一一

彼女《かねな》がどこからか現れると、その美妙な會釋を受ける望みのため、私には敵が一人《ひとり》もなくなつた。否寧ろ慈愛の焰が私を襲つて、私にすべて自分を虐げた者を赦させた。その時若し誰かが私に物を訊ねたなら、私は穩かな顏容《おもゝち》でたゞ『愛』と答へたであらう。また彼女がやがて會釋をしようとすると、愛の一の靈は他の官能の靈達をみな滅ぼし、かよわい視覺の靈達を押し出して、『行つて君達の主を崇め給へ』といひ、己自らその跡に止《とま》つた。それゆゑ《愛》を知らうと思ふ人は私の目の震動を視れば足りたのである。またこのいと貴い慰藉が會釋をすると、《愛》は、堪へ難いほどの福祉を私のために蔽ふ便《よすが》とならないのみか、嬉しさの餘りからであらう、その時全くかれの支配下にあつたわが身をしばしば重い無生物の如く動くにいたらせる者となつた。私の福祉が彼女の會釋に宿つてゐ、そしてそれが幾度も私の力に餘り且溢れたことは是によつて明かである。

三

さて主題に立歸つて言はう。私の福祉が拒まれてから、私は身に迫る憂ひに堪へかね、人人を離れて寂しい處に行き、やるせない涙で地を濡らした。そしてこの涙がやゝ緩んだとき、私は人知れず歎くことのできるやう自分の室《へや》に閉ぢ籠つた。そしてそこで慈愛の淑女に憫みを乞ひ、また『《愛》よ、御身の僕を助け給へ』といひつゝ、轉うたれて泣く兒童《こども》のやうに眠つた。

眠半《なかば》のころ、ふと見ると、室《へや》の內の私の側《そば》のところに、純白の衣を着た一人《ひとり》の若人《わかうど》が坐し、いたく物思はしさうな樣子をして、私の寢てゐるところをぢつと見てゐた。そしてしばらく見たあとで、大息《といき》をつきつゝ私を呼び、『わが子よ、われらの虛僞を棄つべき時はや到りぬ』と言つた。前にも度々夢のうちで私をかやうに呼んだことがあるので、是時私はかれの誰であるかを知つた。

目をとめて彼を見ると、彼は傷はしく泣き、また私の物言ふのを待つてゐるらしかつた。

そこで私はこれに力を得て言出した、『諸德の主、なにゆゑ泣き給ふか』と。するとかれは私に『我は圓の中心の如し（この中心に對して圓周の各部皆同じ關係を有す）、汝は然らず』と言つた。さてこの言葉を考へてみたが、かれの言つたことが甚だ幽《かすか》だと思はれたので、私は力《つと》めて口をきき、『主よ斯くも幽に語り給ふは何事にか』といつた。するとかれは俗語で私に『おまへの益になることの外は問ふな』と言つた。

それゆゑ私は會釋の拒まれたことに就て是時彼と語りはじめた。そしてその譯を訊いた。するとかれは次のやうに答へた、『己達《おれたち》のベアトリーチェは、汝《おまへ》の評《うはさ》をしてゐる或人々から、あの大息《といき》の道で己《おれ》の汝に名指《なざし》をしたその婦人が何か汝のために迷惑をしたといふことを聞いた。それゆゑ一切の迷惑の敵であるこのいと貴い婦人は汝が迷惑をかけることを恐れておまへに會釋をしてくれなかつたのだ。で、あの婦人ははや永い間の習ひによつて汝の祕密を實際いくらか知つてゐるから、己《おれ》は汝《おまへ》が或言葉で詩作し、己があの婦人をとほして汝に及ぼす力と、汝がはやくも童《わらべ》の時からあの婦人のものであつたこととをそれで現すがよいと思ふ。またこれに就てはその仔細を知つてゐる者を呼んで證人とし、その者に賴んであの婦人に云々《しかぐ》と言つてもらうがよい、その者といふのは己であるが、己は喜んであの婦人にそのことを語らう。さすれば婦人はおまへの心を知り、知ると同時に、瞞《だま》されてゐる人達の言ふことをもそれと覺るであらう。さて件の言葉をいはゞ一の媒介《なかだち》とし、直接おまへはあの婦人に語らぬがよい、それは相適しいことでないから。またあの婦人の聞くべきところへそれを己と離しては送らず、麗《うるは》しい音調でそれを飾らせるがよい。その音調のうちに己は必要のある度ごと宿つてゐよう』。

かう言つてかれは消え失せ、私は目醒めた。そこで憶ひ出して私はこの異象の現れたのが晝の第九時であると知つた。そして室《へや》を出る前に、私は一のバルラータを作つてわが主の命じた事を行はうと思ひ定めた。そしてやがて『バルラータよ、請ふ』といふ次のバルラータを賦した。

〔第一バルラータ〕

バルラータよ、請ふ《愛》を訪ねて、
相共にわが淑女の許に往け。
さらば汝が歌ひてわがため辯疏《いひひらき》せんとき
わが主は彼女にその理《ことわり》を陳ぶるをえむ。
バルラータよ、汝いと優雅《みやびやか》なれば

唯ひとり
いづこに在りとも恐れなし。
されど安らかに行くをねがはゞ、
まづ《愛》をとへ。
獨り行くこと或はよからじ。
そは汝の言葉を聞くべき者
わがために定めて怒《はらだ》ちをるにより、
なんぢ彼に伴はれでは、
耻ぢしめられ易ければなり。

さてかれと偕にありて、
憫みを乞ひし後、
調妙《しらべたへ》に斯く言ふべし、
『わが淑女よ、我をこゝに遣はす者は、
その辯疏《いひひら》くことあらん時、若し汝の心に適《かな》はゞ
汝がこれを我より聴かんことをねがふ。

《愛》玆にあり、かれは汝の美によりて
その思ふ如くかの者に色を變へしむ。
されば彼がなどかの者に他人《あだしびと》を見しめしや
思ひみよ、その心の移れるならねば。』
また言へ、『わが淑女よ、かれの心は
げにいと固く、
凡ての思ひこれを促して汝に仕へしむ。
こは夙《はや》く汝のものなりき、而して迷へることなし』と。
彼女信ぜずば、
眞《まこと》を知れる《愛》に問はしめよ。
かくてのち謙りて彼女に請ふべし、
若し赦すことを厭はゞ
使者をして我に死せよと命ぜんことを。
かく爲《せ》ば僕《しもべ》直にこれに從はむ。
また淑女と別るゝに當りて、

一切の慈悲の鑰《かぎ》、
わが正しき理《ことわり》を彼女に陳べうる者にいへ、
『わがうるはしき節《ふしめ》に愛でゝ
汝は彼女と此處《こゝ》にとゞまり、
思ふがまゝに汝の僕のことを語れ。
彼女汝の願ひを容れてかれを赦さば、
その麗《うるは》しき姿によりて平和を彼に告知《つげしら》しめよ』と。
わが貴きバルラータよ、請ふ
出立《いでた》てよ、譽を汝の受くべき時に。

このバルラータは三部に分たれる。第一部では、これにその行く處を告げ、いよ〳〵安んじて行けるやうにこれを勵まし、且また恐れもなく少しの危險もなしに行かうと思へば、誰と連立つがよいかを言ひ、第二部では、何を知らせるのがその役目であるかをいひ、第三部では、その好む時に行くことを許してこれが出立《いでたち》を命運の手に托してゐる。第二部は『さてかれと』から、第三部は『わが貴きバルラータよ』からである。

人或は私を難じて言はう、二人稱での私の言葉が誰に言つたのかわからない、バルラータはとりもなほさず私自身の言つてゐる言葉であるからと。それゆゑいふが、私はこの疑ひを、この小册子のうちのこれよりもなほ疑はしい個處で解き且明かにしようと考へてゐる。今こゝで疑ふ人や、こゝでかやうに難じようと思ふ人は、その場合にこゝを照らし合はすがよい。

一三

前記の異象の後、はや私が《愛》の言へと命じたその言葉をいひ終つた時、種々樣々な考が、いづれも防ぎ難いほどに私を攻めかつ試みはじめた。そしてそれらの考のうちで生活の休安を特に妨げると思はれるものが四《よつ》あつた。その一は、《愛》の主宰は善い、その從者の心をすべての賤しい物より引離すからといふ考、いま一は、《愛》の主宰は善くない。その從者は、これに忠なれば忠なるほど、いよ〳〵苦しい物憂い所を通らねばならぬからといふ考、また一は、《愛》といふ名は聞くにもいと麗しい、されば大方《おほかた》の物に及ぼす《愛》の固有《もちまへ》の作用《はたらき》もうるはしからぬ筈があるまい。『名は物の果《くわ》也』と書《ふみ》にあるごとく、すべて名は名づけられたものに伴ふものであるからといふ考、第四は、《愛》がこのやうに汝《おまへ》を緊《し》めつけるその原因《もと》となつた婦人は、ほかの婦人達とちがつて容易にその心を動かさないといふ考であつた。これらの考がいづれもいたく私を攻めたので私は恰もどの途から出かけてよいかわからず、行かうとは思ふがどこへ行くべきか知らぬ人のやうになつた。そして私はこれらに共通の途即ちその皆相和する處を求めようと考へたものの、是は、即ち《慈悲》に訴へて自分をその手に委ぬることは、私に對して甚しい敵意をいだく途であつた。さて私がかゝる狀態にあつたとき、これについて韻語を錄さうとの願ひが起つた。そして其時私は『わが思ひみな』といふ次のソネットを賦した。

〔第六ソネット〕

わが思ひみな《愛》のことを語れど、
げにさま〴〵の思ひなれば、
一は我にこれが主宰を求めしめ、
ひとつはこれが權《ちから》をさして狂ほしといふ。
一は我を望みによりてよろこばせ、

ひとつは屢我を泣かしむ。
その相和するは心に宿る恐れの爲に
震ひつゝ愍みを乞ふことにあるのみ。
さればわれそのいづれをとりて材とせむ、
言はんと思へど何をかいふべき。
斯くてぞ我は愛の迷ひのうちにあるなる。
また若し凡てかゝる思ひと和するを願はゞ、
我は敵なるわが淑女《慈悲》を呼びて、
われを護れと請はざるをえじ。

このソネットは四部に分つことが出來る。第一部では、私の考がみな《愛》に關するものであることを言ひかつ示し、第二部では、これらが不同であることを言ひ、そして不同の點を擧げ、第三部では、これらが何に於て皆一致すると思はれるかをいひ、第四部では、《愛》のことを言はうと思ひながらも材をどの部分から採つてよいかわからず、若しまたそれを凡ての部分からとらうと思へば、自分の敵なるわが淑女《慈悲》に訴へなければならぬことを言つてゐる。また『わが淑女』と私の言ふのはいはゞ蔑視《さゆす》んだ言ひ方なのである。第二部は『げにさま〳〵の』に、第三部は『その相和するは』に、第四部は『さればわれ』に始まつてゐる。

一四

さま〳〵な考の戰ひの後、或日このいと貴い婦人はあまたの貴婦人達の集まつてゐる所へ來た。そしてそこへ私も一人の友人に連れられて行つた。この友人は大勢の女達がその美を競うてゐる處へ案內して大に私を悅ばす積りであつたが、私は何の爲に案內されたのか殆どわからず、且又一人の友を生命《いのち》のせと際《きは》まで導いたその人を信頼したので、『何故この女達のところに來たのか』とかれに訊ねた。するとかれは『然るべくかれらに仕へんため』と答へた。

實はかれらはその日結婚をした一人《ひとり》の貴婦人に付添つてそこに集まつてゐたのである。それゆゑ前に言つた都の習俗《ならはし》に從ひ、かれらは、彼女がその新郎《はなむこ》の家ではじめて食卓に着く時、これと席を共にしなければならなかつた。そこで私は、この友人を悅ばす考から、かれと共に止まつてこの女達に仕へようと思ひ定めた。さてかく思ひ定むるや否や、私はある不思議な戰慄が胸の左に起つて忽ち全身にひろがる如く感じた。その時ひそかに私は、この座敷を圍繞《とりま》いてゐる一の繪に身を凭《もた》せ、誰か自分の戰慄をけどりはせぬかと懸念しながら、目を擧げて女達を見わたすと、そのなかにあのいと貴いベアトリーチェが見えた。同時に私の靈達は、《愛》があのいと貴い婦人を斯く近く見たために得たその力に滅ぼされ、視覺の靈達以外一も生殘つてゐなかつた。そしてこれらさへその機關を離れてゐた。なぜなればそのいと尊《たふと》い持場に《愛》が止まつてあの妙《たへ》なる婦人を見ようと思つたからである。そして私は前の私でなかつたものの、この小さな靈達の爲にいたく憂へた。かれらは劇しく歎いて言つた、『若しこの者が私達の處から私達をかやうに逐出してしまはなかつたなら、一の奇蹟であるこの婦人を、私達の同僚《なかま》とおなじく見てゐることが出來たものを』と。

さてこの婦人達のうち多くの者は私の樣子の變つたのに氣がついて異《あや》しみはじめた。そして語りあひつゝこのいと貴い婦人とともに私を嘲つた。そこで、好意も仇となつたあの友人は私の手を取り、私をこの婦人達の見えぬところへ連れて行つて、どうしたのかと私にたづねた。その時私はやゝ落付き、私の死んだ靈達が蘇り、逐はれた靈達もその所有《もちもの》に歸つたので、この友人に答へて曰つた、『一歩進めば歸れる見込のない生命《いのち》の涯《はて》に私は足をとめたのだ』と。

そしてかれと別れて涙の室《へや》に歸り、そこで且泣き且恥ぢつゝ心ひそかに言つた、『若しこの婦人がわが身のありさまを知つてゐるなら、かやうに私を嘲りはすまい。否、必ずやこれに對して深い憖みを寄せるであらう』と。そして斯く歎いてゐるうちに私は、言葉を連ねて彼女に物言ひつゝ、私の姿の變つた理由を示し、且この理由の必ず知られてゐないことと、若し知られてゐるならばそれは其人に憖みを感じさせる筈であることとを言はうと思ひ定めた。また斯く思ひ定めたのは、この言葉がもしや彼女の耳にはいることもあらうかとの賴みからであつた。そしてその時『あだし淑女達とともに』といふ次のソネットを賦した。

〔第七ソネット〕

あだし淑女達とともにわが姿を嘲り、
　思はじな、淑女よ、汝の美を
見る時にわれ、などかく奇《く》しき
　容貌《かたち》となるにいたるやを。
汝知りなば、《慈悲》いつまでか

常の如くに我に逆らふことをえむ。
そは《愛》我の斯く汝に近きを見る時、
勇みたち、且その心の强きあまりに、
わがをのゝく靈達を擊ちて、
かれを殺しこれをやらひ、
己獨り汝を見んとて止まればなり。
この故に、われは變りて容貌《かたち》他人《あだしびと》のごとし。
されどなほ、逐はれて苦しむ者の叫喚《をめき》の
定かに聞えぬほどならじ。

このソネットを私は區分しない。分つといふことは分たれたものの意義を表す時に限るのに、これは前に述べたその由來で充分明瞭であるから區分の必要がないのである。
但しこのソネットの由來を明かにする言葉のうちには、疑はしい言葉も錄されてあるに違ひない。卽ち《愛》が私の凡ての靈達を殺し、生殘つた視覺の靈達もその機關以外にをると私の言つてゐるのがそれである。とはいへ、この疑ひは私と同じ程度に《愛》の忠僕である人でなければ解き難いのであるし、そのやうな人にとつてはこの疑はしい言葉を解く所以のものが明瞭なのである。それゆゑかやうの疑點を説明《ときあか》すのは私の爲すべきことでない。説明《ときあか》したところでその言葉は無益か蛇足かであらうから。

一五

かく奇《くす》しく姿の變つたのち、一の強い考が私に起つた。これは殆ど私を離れず、却てたえず私を責め、そしてつぎのやうに私に言ふのであつた、『この婦人に近寄るとおまへはあのやうに可笑《をかし》い姿となるのに、なぜなほあの女を見ようとするのか。かりにおまへがあの女に問はれたとするならば、よしおまへの力がみな自由であつて答へることは出來るにせよ、何と答へられるのか』と。するとこれに答へていま一の謙遜な考が言つた、『若し己《おれ》が自分の力を失はず、自由であつて答へることができるならば、己はあの女に告げよう、己があの女の不思議な美しさを思ひ浮べる刹那、あの女を見ようといふ願ひがすぐに起り、またその力が甚だ強いため、それに抗敵《はむか》つて立ちうるすべてのものを己の記憶のうちで死滅させる。それゆゑ過去《こしかた》のさま〴〵の苦患《なやみ》も、己があの女を見ようとするのを抑《と》めはしないといふことを』と。そこで、この様な考に動かされて、私は或言葉を連ね、かゝる非難に對して彼女に辯疏《いひひらき》をし、且又彼女の側《そば》で何が私に起るかを陳べようと思ひ定めた。そして『美しき悦びよ』といふ次のソネットを賦した。

〔第八ソネット〕

美しき悦びよ、汝を見んとてわが行く時は、
　記憶に浮ぶものすべて消え、
汝の傍《かたへ》にあるときは、
　『死を厭はゞ逃げよ』と《愛》のいふを聞く。
面《おもて》は心の色を現し、
この心萎《な》えて、その凭《もた》るゝものを選ばじ。
　劇しき戰慄《ふるひ》の醉《ゑひ》のために、
　『死せよ、死せよ』と石叫ぶごとく見ゆ。
人我をかかる時に見、若しその慈悲より、
　せめてわが爲に憂ふることを示しつゝ、

亂るゝ魂を慰めずば、そは罪ぞ。
この慈悲こそは汝の嘲りの殺すもの、
己が死をねがふ目の
死にしまなざしより生るゝものなれ。

このソネットは二部に分たれる。第一部では、この婦人の側《そは》へ行くことをやめない理由を述べ、第二部では、彼女の側へゆくと何が私に起るかを言ひ、そしてこの部分を『汝の傍にあるときは』に起してゐる。この第二部はまた五《いつゝ》の違《ちが》つた事柄によつて更に五部に分たれる。その第一部では、私が彼女の側にゐるとき、《愛》が理性に勸められて私に何を言ふかをいひ、第二部では、顏の證左《しるし》によつて心の狀《さま》を現し、第三部では、私が一切の自信を失ふ次第を言ひ、第四部では、私に對する愍みを人の示すことは私の慰藉となるゆゑ、示さぬ人に罪あることをいひ、最後に、なにゆゑ人が愍みを起すべきであるか、それは私の目に入來《いりく》る憐むべきまなざしの故であることを言つてゐる。さてその憐むべきまなざしはこの婦人の嘲りで消される、言換へれば人に現れない。かの女は、このありさまを見るであらうと思はれる人々をも同じ行爲に引入れるのである。第二部は『面は心の』に、第三部は『劇しき戰慄の』に、第四部は『人我を』に、第五部は『この慈悲こそは』に始まつてゐる。

一六

このソネットを賦して後、一の願ひが私に起つた。それは更に言葉を連ね、自分の身の上に就てまだ私が言表はさなかつたと思ふ四《よつ》の事をそれで言はうといふのであつた。その第一は、私の記憶が想像を動かして《愛》の私に對する仕打を描かしめたとき、幾度も私が憂へたといふこと、第二は、《愛》がしば〳〵不意に且いとはげしく私を攻めたてたので、私にはこの婦人のことを語つてゐるその一の考以外何の生命《いのち》も殘つてゐなかつたといふこと、第三は、《愛》のこの軍《いくさ》が斯く私に押寄せたとき、私は殆ど全く色を失ひつゝこの婦人を見に行き、彼女を見ればそれでこの戰ひが防がれると思ひ、かほどの貴さに近づくため何が私に起るかをも忘れてゐたといふこと、第四は、彼女を見ることが私を護つてくれぬのみか、僅に殘る私の生命《いのち》をも遂に打敗つたといふことである。そしてそれゆゑ私は『我に《愛》の』といふ次のソネットを賦した。

〔第九ソネット〕

我に《愛》の負はす憂き狀《さま》
いく度かわが記憶に浮び、
われみづから是を愍みて屢言ふ、
『あゝ、人にもかゝる例《ためし》ありや』と。
《愛》不意に攻むるによりて
生命《いのち》は殆ど我を棄て、
一の靈のみ免れて生く、
その殘るは汝の事を言へばなり。
是時われ助を求めて自ら勵まし、
色いと蒼く、力をすべて失ひつゝ、
癒さるゝことを賴《たのみ》に汝を見に行く。
されど視んとて目を擧ぐれば、
戰慄《ふるひ》わが心に起りて、
魂を脈より逐ふ。

このソネットは、そのうちに四《よつ》のことが述べてあるので、四部に分たれる。そしてこれらのことは前に言つて置いたから、私は部分々々をその始めの言葉で區別するだけにして、その外のことにはたづさはるまい。そこでいふが、第二部は『《愛》不意に』に、第三部は『是時われ』に、第四部は『されど視んとて』に始まつてゐる。

一七

以上三《みつ》のソネットを賦し、これによつてこの婦人に物言ひ、わが身のありさまを殆ど語り盡したのち、はや充分私の事は言表したと思つたので、この上は默していはぬがよいと考へたものの、私は、たとひこの後いつまでも彼女《かのをんな》に物言はぬにせよ、新しい、且は以前のよりもさらにけだかい詩材を捉へなければならなかつた。この新しい材の由來は聞いて快いものであるから、それを語らう、できるだけ手短に。

一八

多くの人々ははや私の姿を見て心の祕密を覺つてゐた、で、或日集まつて互に睦み樂んでゐた婦人達も私の心をよく知つてゐたのである、かれらはいづれも私の敗北のをりに居合せたことが度々あるから。そして私が、丁度命運に導かれたやうに、その側《そば》を通ると、この貴婦人の一人《ひとり》が私を呼んだ。呼んだ婦人は物言ひのいと爽かな婦人であつた。それゆゑ私がかれらの前まで行き、そして私のいと貴い婦人のそこにゐぬのを確めたとき、私は心を安んじて彼等に會釋し、且その所用を訊ねた。この婦人達は大勢で、なかには笑ひあつてゐるのもあれば、私が口をきくのを待つてぢつと私を見てゐるのもあり、また語りあつてゐるのもあつた。その一人が私の方を見て名を呼び、そして言つた、『おん身はあの婦人の座にさへ堪へ給はぬに、何を目的《めあて》に愛し給ふか、告げられよ、げにかやうな愛の目的はいと珍しいものである筈ゆゑ』と。

彼女が私にかう言つた時、彼女のみか、一同みな私の答を待つやうな樣子をした。そこで私はかれらに言つた、『淑女達よ、私の愛の目的《めあて》は嘗てはあの婦人――恐らく御身等の考へてをらるゝその婦人の會釋であつた。そしてこれが私の一切の願ひの目的であつて、このうちに私の福祉が宿つてゐたのである。しかしこれを拒むことが婦人の心に適《かな》つたので、わが主の《愛》は、慈悲深くも、私が失ふ恐れの無いもののうちに私の凡ての福祉を置いた』と。

その時この婦人達は互に語りはじめた。そして、をりふし美しい雪に混《まじ》つて雨の降《ふ》るのが見えるやうに、私は歎息《ためいき》にまじつてかれらの言葉の出るのを聞いたと思つた。さて暫く語りあつて後、さきに私に物言つた婦人がまた『おん身のその福祉はいづこにあるのか、願はくはわれらに告げ給へ』と言つた。私はこれに答へてたゞ『わが愛人を稱《たゝ》へる言葉のうちに』といつた。すると私と話をしてゐる婦人がまた私に『しか言ひ給ふこと眞《まこと》ならば、おん身のありさまを表す爲に連ねたまへるあの言葉を、おん身は別の趣意で纒められたであらうものを』といつた。

そこで私は、この言葉を考へて見、殆ど耻ぢてかれらと別れ、そして行きながら心の中で言つた、『わが愛人を稱《たゝ》へる言葉のうちにこれ程の福祉があるのになぜ私はほかのことをいつたのであらう』と。そしてそれゆゑ私はこのいと貴い婦人の讃美となるべきもののみをこの後いつもわが詩材にしようと思ひ定めた。しかし篤と考へたとき、私の捉へた材が自分にとつてあまりに高尙であると思はれたので、とりかゝる勇氣がなかつた。かくて私は物言ふ願ひと取りかかる恐れのうちに幾日かを過した。

一九

その後《のち》の事、一條《ひとすぢ》のすぐれて淸らかな河が流れてゐるその川沿の路を通《とほ》つてゐると、詩情がしきりに起つたので、私はどのやうな形式によるがよいかと考へはじめた。そして第二人稱で婦人達に語るのでなければ、彼女について語ることが私に相適しくないと考へた。それもどの婦人にもといふのでなしに、貴く、女といふだけではない人達に限つてのことであつた。さて其時私の舌はいはゞおのづから動いて物言ひ、そして『愛を知る淑女達よ』と言つた。この言葉を私は起句としようと考へ、いたく悦んで記憶のうちに收めた。それゆゑやがて前に言つた都へ歸つたとき、幾日か考へた上、これを起句として、下出の區分に見えるやうな形に組立てゝある一のカンツォネを賦しはじめた。

〔第一カンツォネ〕

愛を知る淑女達よ、

われは汝等とわが淑女のことを言はむ、
こはその讚美を盡しうべしとわが思ふゆゑならず、
陳べて心を遣《や》らん爲なり。
げにその德を思ひては、
《愛》いとうるはしくわが心に觸る、
されば其時もし氣挫けずば、
我は語りて誰をも戀に燃えしむべきを、
今はわれ恐れのためにひるむほど
調《しらべ》高く歌ふまじ、
たゞその貴き狀《さま》につきて
淡《あは》く說くべし、ふさはしからねど。
戀知る女、少女《をとめ》達よ、われ汝等と共にかく爲《せ》む、
他人《あだしびと》に言ふ事にあらねば。
天使聖智のうちによばゝりていふ、
『主よ、世に驚異のはたらく見ゆ、

こはこゝ天上までも輝く
一の魂よりこそ出づれ』と。
この魂のほかさらに缺くるものなき天は、
その主に請ひてこれを得んとし、
聖者も擧《こぞ》りてかゝる惠みを呼求む。
われらに與《くみ》する者は《慈悲》のみ、
卽ち神わが淑女のことを思ひて言ひ給ふ、
『わが愛《めづ》る者等よ、暫く忍びて
汝等の望みを、我心に適《かな》ふかぎり世にあらしめよ、
かしこには、今これを失ふを恐れ
のち地獄にて「あゝ罪人等よ、我は受福者の
望みを見ぬ」といふべき者あり』。
わが淑女至高の天にて慕はる。
いざわれ汝等に彼女《かねな》の德を知らしめむ。
卽ち曰ふ、貴き淑女と見ゆるを願はゞ、その人

彼女と共に行くべし、彼女路を行くとき
《愛》はなべての卑しき心に霜をおきて
その一切の思ひを凍らし滅ぼさむ。
また止まりて彼女を見るをえん人は
氣高き者となるべく、ならずば死なむ。
彼女を見るにふさはしき人あるときは
其人これが徳を證《あかし》す、
そは救ひとなるものかれに臨み、
かれは心和ぎて凡ての虐《しへたげ》を忘るればなり。
神また彼女にさらに恩惠《めぐみ》を加へ給ひ、
これと語れる者をして禍に終る莫らしむ。
《愛》彼女に就て曰ふ、『必滅者いかで
斯く麗しくかく淸くなるをうるや』と。
かくて彼女を視て心に誓ふ、神はこれによりて
妙《たへ》なる物を造らんと思給《おぼしたま》ふと。

その眞珠に似たる色は、女にふさはしき
ほどにとゞまりて度を越えじ。
彼女は卽ち自然の造る善の極み、
是と比べみて美は證《あかし》せらる。
彼女一度《たび》目を動かせば、
燃ゆる愛の靈達これより出でゝ
彼女を視る者の目を射、
貫いてみなその心に達す。
視よ《愛》の、彼女の顏に畫かるゝを、
人の長く彼女を見るを得ざる處に。
カンツォネよ、我知る汝がいでたちて後
行きて多くの淑女と語るを。
我は汝をはぐくみて若きあどけなき《愛》の女《むすめ》と
なしたるなれば、今われ汝に戒む、
汝の到るところにて請ひていふべし、

『われに道を教へよ、我はわが飾なる詞をもて
稱《たゝ》へらるべき女の許に遣《や》らるゝ者ぞ』と。
また汝、行くの效《かひ》なきをねがはずば、
賤しき人々のをらん處に止まる勿れ、
若し能《かな》はゞ、つとめて汝を
たゞやさしき女達や男に現せ、
かれら近き路によりてかしこに汝を導かむ。
《愛》彼女とともにあるべし、
よく務を守りて汝かれに我を薦めよ。

このカンツォネを一層わかり易くするため、私は之を前の幾篇の詩よりももつと精細に區分しよう。それゆゑまづこれを三部にする。第一部は次々の詞の序、第二部は趣意とする敍述、第三部は前の詞のいはゞ一侍女である。第二部は『天使聖智の』に、第三部は『カンツォネよ、我知る』に始まつてゐる。第一部は四に分たれる。その第一では、わが愛人のことを誰に言はうと思ふかまた何の爲に言はうと思ふかをいひ、第二では、彼女の

徳を思ふ時、私にどのやうな感じがするか、また氣が挫けなければどのやうに語るのであるかを言ひ、第三では、怯《ひる》む心に妨げられぬ爲にはどのやうに彼女のことを語るがよいと思ふかをいひ、第四では、誰にそれを語る考なのかを今一度言つて、そして何故その人達に語るかといふその理由を陳べてゐる。第二は『げにその徳を』から、第三は『今はわれ』から、第四は『戀知る女』からである。

次に私は『天使聖智の』と言つてこの婦人の敍述に移るが、この部分は二に分たれる。その第一では、天上で彼女がどう考へられてゐるかを言ひ、第二卽ち『わが淑女至高の』以下のところでは、地上で彼女がどう考へられてゐるかを言つてゐる。

この第二部はさらに二に分たれる。その第一では、彼女のことをその魂の氣高さの上から言つて、この魂から出てくる有德《うとく》の作用に言及ぼし、第二卽ち『《愛》彼女に就て曰ふ』以下のところでは、彼女の事をその體《からだ》の氣高さの上から言つて、其美に言及ぼしてゐる。この第二部もまた二に分たれる。その第一では、彼女の身全體に屬する美に就て言ひ、第二卽ち『彼女一度目を』以下のところでは、この身の特別な部分に屬する美に就て言つてゐる。

この第二部もまた二に分たれる。其一では、愛の始めである目のことを言ひ、第二では、愛の目的《めあて》である口のことを言つてゐる。そして、善くない疑ひが一切こゝで起らぬため、讀者はさきに錄されてあること、卽ちこの婦人の口の一作用である會釋が、それの私に與へられてゐた間、私の諸の願ひの目的《めあて》であつたといふことを覺えてゐてもらひたい。次に私は『カンツォネよ、我知る汝が』と言つて、他の諸節の侍女ともいふべき一節を加へ、そのうちで、私がこのカンツォネに望むところを言つてゐる。この末節はわかり易いゆゑ、細別の勞をとらない。

勿論このカンツォネの意義をこの上闡明《せんめい》する爲には、なほも細かに區分する必要があるであらう。とはいへ、これまでの區分によつてこれを理解しうるだけの才のない人は、これを棄て置いてもかまはない。以上の區分によつてでさへ、多くの人がそれを聞いた場合、此詩の意義を由《よし》ない人々にも傳へたことになりはせぬかと、私は實際懸念してゐるのであるから。

二〇

このカンツォネが人々の間にいくらか流布して後、或友人は、この詩を聞いたので、私に請うて《愛》とは何であるかをかれに語らせようと思ひ立つた。多分その聞いた言葉から、私に過大の望を屬したのであらう。そこで私はあのやうな敍述のあとで何か《愛》のことを述べるのはよいと考へ、且又この友人の爲には盡すべきであると考へたまゝ、言葉を連ねて《愛》のことを述べようと思ひ定めた。そしてその時『《愛》と雅心とは』といふ次のソネットを賦した。

〔第十ソネット〕

《愛》と雅心《みやびごゝろ》とは一《ひとつ》なり、
　詩にて聖《ひじり》の說くごとし。
　これなくしてはかれのなきこと、理性なくして
理をわきまふる魂なきに異ならじ。
自然は物のこひしき時にこれらを造りて
《愛》を主とし、心をかれの住處《すみか》とす、
　かれこゝに眠りてやすらひ、
　そのやすらふこと或は短く或は長し。
美はやがて賢《さか》しき女によりて現れ、
　目をいたく悅ばしむれば、心には

悦ばすものを求むる願ひ生じ、
この願ひまゝ長くこゝに宿りて
《愛》の靈を呼び醒すにいたる。
雅人《みやびを》の女に於けるもまた同じ。

このソネットは二部に分たれる。第一部では、かれが能力として存在することに就て言ひ、第二部では、かれが能力から作用に移ることに就て言つてゐる。第二部の始めは『美はやがて』である。第一部はまた二に分たれる。その第一では、この能力がいかなる主體のうちに宿るかを言ひ、第二では、この主體とこの能力とが存在を有するにいたる次第と、後者の前者を治むること恰も形式の物質を治むるが如くであることとを言つてゐる。第二の始めは『自然は物の』である。次に私は『美はやがて』と言つてこの能力が作用に移る狀《さま》を述べてゐる。先には男に於て移る狀を、後には——卽ち『雅人の』云々の處では女に於て移るさまを。

二一

前記の韻文で《愛》のことを敍述して後、私は、このいと貴い婦人を稱《たた》へる爲に、さらに言葉を連ねて、この《愛》が彼女に呼び醒される次第と、かれが、その眠つてゐる處で呼び醒されるばかりでなく、能力としてさへ存在しない處にも、彼女の不思議なはたらきによつて招來されることとを現さうと思ひ立つた。そして其時『わが淑女《愛》を』といふ次のソネットを賦した。

〔第十一ソネット〕

わが淑女《愛》を目にやどし、
　その見るものを貴くす、
彼女《かねな》過ぐれば人みなそなたに向ひ、
　會釋すればその人、心ををどらし、
頭《かうべ》を低《た》れ、色を失ひ、
　己が玷缺《をちど》のために大息《といき》す。

彼女の前より傲慢《たかぶり》も忿怒《いかり》も逃ぐ。
淑女達よ、我を助けて彼女を崇めしめよかし。
凡てのうるはしさ、すべての謙れる思ひ
之が語るを聞く者の心に生じ、
はじめて彼女を見る者も讃《ほ》めらる。
微笑《ほゝゑ》むときのその姿は、
言葉及ばず、また記憶にも止め難し、
さまで妙《たへ》なる貴き奇蹟よ。

このソネットは三部から成つてゐる。第一部では、この婦人が件の能力を作用に移らしむるさまをばその目といふ最も氣高い部分に關して言ひ、第三部では、同じことをばその口といふ最も氣高い部分に關して言つてゐる。そしてこれら兩部の間には、一の小部分があるが、これは前部や後部のため謂はゞ助を乞ふものであつて『淑女達よ、我を助けて』に始まつてゐる。第三部の始めは『凡てのうるはしさ』である。

第一部は三に分たれる。その第一部では、彼女がその視るもの一切を其力によつて貴くすること、換言すれば、《愛》をそのゐないところにさへ能力として導き入るゝことを言ひ、第二部では、彼女がすべてその見る人々の心の中で《愛》を作用に移らしむることをいひ、第三部では、彼女がやがてその力によつてその人々の心の中にどのやうな働きをするかを言つてゐる。第二部は『彼女過ぐれば』から、第三部は『會釋すれば』からである。

次に私は『淑女達よ、我を助けて』と言ひ、私を助けてこの婦人を崇めさせるやう婦人達に呼び求めつゝ、私が誰に語らうと志すかを示してゐる。

次に私は『凡てのうるはしさ』と言つて、第一部で言つたと同じことを、彼女の口の二の作用の上から述べてゐる。卽ちその一は彼女のいとうるはしい言葉、いまひとつはその妙《たへ》なる微笑である。但し後者については、それが人々の心の中でどのやうに働くかを私は言はない、それをもそのはたらきをも記憶にとゞむることが出來ぬのであるから。

二二

その後幾《いく》日も立たぬうちに、このいと氣高いベアトリーチェのやうな大きい驚異を生んだ人は、己が死をさへ辭し給はざりし榮光の主の聖旨《みむね》により、この世を去つて實に永遠の榮光に入つた。總じてかゝる別離は殘さるゝ故人の友達にとつて歎かはしい事であるし、よい父のよい子に、よい子のよい父に對するほどの深い親みはまたとないのに、この婦人はその性《さが》極めて良く、その父も、多くの人の信じてゐるに違はず、甚だ良い人であつたので、この婦人がやるせない悲歎にくれたことは言ふまでもない。

さて前に言つた都の習俗《ならはし》として、かゝる愁傷のある場合には、女は女と男は男と相集まるのである。で、多くの婦人達はこのベアトリーチェのいたはしく泣いてゐるところに集まつた。それゆゑ私は彼女の許から幾人《いくたり》かの婦人達の歸つてくるのを見て、かれらがこのいと貴い婦人のどのやうに歎いてゐたかを語る言葉を聞いた。その言葉のうちにかれらの『げにあの婦人は、誰が見ても屹度憐みのあまり死ぬるであらうと思はれるほど泣いてゐる』といふのが聞えた。その間《ま》にこの婦人達は通り過ぎた。殘る私はいと悲しく、涙が始終顏を濡《ぬら》すので、幾度も目に兩手をあてて顏を掩うた。そして彼女のことをもつと聞かうと待望んでゐた（私は彼女と別れて來《く》る婦人達の大部分の通《とほ》つて行くところにゐたから）のでなければ、私は涙に責めらるゝと同時に身を隱してしまつたのであらう。

この期待から、なほ同じ處に立止まつてゐると、また婦人達が私の側《そば》を過ぎ、歩みながら語りあつて、『この婦人があのやうにいたはしく物言ふのを聞いては、私達のうちで誰がこのさき樂しい心地になれるであらう』と言つた。この人々のあとでまたほかの婦人達が通り、そして行きながら『こゝにゐるこの人は、丁度私達のやうにあの人を見たのかと思はれるほど泣いてゐる』と言つた。後またほかの婦人達が私の話をして『見られよ、この人は見《ゐ》違《ちが》へるまで變つてゐる』といつた。さて斯く私はこの婦人達の通るとき、彼女や私のことに就て、今述べたやうな話を聞いたのである。

それゆゑ私はあとで考へた上、言葉を連ねて（連ねるだけの相適しい理由があつたので）その言葉のうちに私がこの婦人達から聞いたことを一切含めようと思ひ定めた。そして、かれらに問ふことが私に對する非難の因《もと》とならなかつたなら自ら進んでさうしたのであらうから、私は自分が問ひかれらが答へたこととしてこの詩材を扱つた。

そして二のソネットを賦した。その第一では、問ひたいといふ願ひの起つたその通りの問ひ方をし、今一ではかれらの答を擧げて、私がかれらから聞いたことをかれらが私に答へて言つたやうにしてある。そして私は『うち萎るゝ姿して』を始めのソネットの、『しば／＼われらの淑女のことを述べ』をいま一のソネットの起句とした。

〔第十二ソネット〕

うち萎《しを》るゝ姿して、

目をば垂れつゝ、憂ひを示す人々よ、
汝等いづこより來れりとて斯く
哀憐《あはれみ》に等しきほどの色となれるや。
なんぢらはわれらの貴き淑女が
その目にて涙に《愛》を濡《ぬら》すを見しや。
告げよ、淑女達、汝等の歩みの優《しとや》かなるによりて
わが心これを我に告ぐればなり。
若しかの深き歎きを見來れるならば
請ふしばし我とこゝにとゞまりて
彼女の狀《さま》をかくさず語れ。
我はなんぢらの目の泣けるを見、
またなんぢらの歸る姿の變れるを見、
斯く見るのみにて心わなゝく。

このソネットは二部に分たれる。第一部では、この婦人達に呼びかけて、彼女の許から

來たのかを問ひ、且またかれらがいはゞ貴くされて歸つて行くので、私がさう信ずることをかれらに告げ、第二部では、彼女のことを私に告げるやうかれらに請うてゐる。第二部の始めは『若しかの深き』である。さてまた前に言つた今一のソネットは次の如くである。

〔第十三ソネット〕

しば〱われらの淑女のことを述べ
　われらにのみ語れる者は汝なりや。
聲はげにその人に似たれど
姿はあだし人のごとし。
いかなれば汝かく切《せち》に歎き、
　人をして汝を愍ましむるにいたるや。
汝彼女の泣くを見しため
憂き思ひを露隱《つゆかく》しあへぬなるか。
涙や悲しき歩みをばわれらに任《まか》せよ
　(われらを慰めんとするは罪なり)、

彼女の且泣き且語るを聞きしわれらに。
憂ひはいとよくその顔に現るゝにより、
人若しながく彼女を見んと願ひたりせば、
なげきつゝその目の前にて死にしなるべし。

このソネットは四部から成つてゐる。これはこの婦人達(私が之に代つて答へてゐるが)が四通りの言方をしたからである。そしてこれらは前に充分明かにしてあるので、私は部分部分の意味を説く事にかゝづらはず、たゞそれらを區別しておく。第二部は『いかなれば汝』に、第三部は『涙や悲しき歩み』に、第四部は『憂ひはいとよく』に始まつてゐる。

二三

二三日立つて後の事、私の身體《からだ》の一部がある惱ましい病に冒され、そのため私は九日の間《こゝのか》たえず劇しい苦痛を覺えた。そして衰弱のあまり、あたかも身動きの出來ぬ人々のやうに寢てゐなければならなかつた。さて九日目に、殆ど堪へ難いほど苦しく感じたとき、一の考が私に浮んだ。それはわが愛人についての考であつた。そしてしばらく彼女のことを考へると、また戻つて自分のかよわい命のことを考へ、たとひ健全であつてさへその續く力のいかに微《かすか》であるかを見、かゝる不幸に對して心ひそかに泣いた。そして深い歎息《ためいき》をつきながら心のうちで言つた、『あのいと貴いベアトリーチェも必ず一度は死なねばならぬ』と。

かうして私は深い〳〵惑ひに陥つて目を閉ぢ、そして狂人のごとく正氣を失ひつゝ次の様な幻を見はじめた。卽ち私の想像の迷ひの始めに、亂髮《みだれがみ》した女の顔がいくつか私に現れて『御身もまた死ぬるであらう』と言つた。やがてこの女達の次に、異様な、見るも恐ろしい顔がいくつか現れて『おん身は死んでゐる』といつた。

さてかやうに私の想像が迷ひはじめて、はては自分で自分のゐる處さへわからぬまでにいたつた。そして私は女達が髮振りみだし、不思議なほど悲しんで泣きながら道を行くのを見た。また太陽が暗くなり、そのため星が、泣いてゐると私に思はせるやうな色をしてあらはれるのを見た。また空飛ぶ鳥は死んで落ち、地は幾度もいとはげしく震ひ動いた。そして私がかかる想像のうちに且はあやしみ且はいたく懼れてゐると、幻に一人《ひとり》の友人が來て、私に『さては知り給はぬか、世に稀な君の愛人ははやこの世を去つたのに』と言つた。その時私はいといたましく泣きはじめた。想像で泣いただけでなく、目でも泣いたから、それは實際涙に濡れてゐた。

　私はまた幻に天を望み、群《むれ》なす天使達が、一抹の純白な雲を前にしてかなたに歸り行くのを見た。この天使達は神々しく歌つた。そしてその歌の詞は『いと高き處にてホサナ』と聞え、ほかには何もきこえなかつた。この時、いと深い愛を宿してゐた私の心は言つた、『われらの淑女の死んだのは實《まこと》である』と。それゆゑ私はあのいとけだかい福《さいはひ》な魂の宿であつたその遺骸《なきがら》を見に行つた。そして迷へる想像が強かつたので、私は死んだこの婦人を見た。女達は彼女を——その頭《かうべ》を白布で蔽うた。またその顔には柔和な相がゆたかにあつて、彼女は恰も『私は平和の源を見てゐる』といふやうであつた。

　彼女を見たため、いと柔和な心がこの想像の中で私に起つたので、私は《死》を呼んで言つた、『いとなつかしい《死》よ、こゝへ來てくれ、そして己《おれ》につらく當るな。あのやうな處にゐたのでお前はもう貴くなつてゐる筈だ。いざこゝへ來てくれ、己は大いにおまへを求めてゐるし、おまへもそれは知つてゐる、己はもうおまへと色が同じだから』と。そして私は、死者の遺骸に對して爲さるゝ習ひの悲しい務がすべて終つたのを見たとき、自分の室《へや》に歸り、そこで天を仰ぎ見た。そして私の想像が強かつたので、私は泣きながら實際聲を出して『あゝいと美しき魂よ、汝を見る者はいかに福なるかな』と言つた。そして私が憂ひの涙に咽《むせ》びながらかう言つたり、《死》を呼んでこゝへ来《く》るやうにいつたりしてゐると、私の臥床《ふしど》の側《そば》にゐた一人《ひとり》の若い貴婦人は、私の涙も言葉もたゞわが病のなやみからであると思ひ、いたく恐れて泣きはじめた。すると室のそこゝにゐた他の婦人達はこの婦人の泣くのを見て私の泣いてゐるのを知つた。それゆゑ彼女（私とは血緣《ちすぢ》の最も近い）を私の側《そば》から去らせ、また私が夢を見てゐると思つたので呼び醒すため私に近寄り、『もはや眠り給ふな』、『氣をよわくしたまふな』などといつた。そしてかれらが私にかう言つたときこの強い想像は止んだ。それは私が『あゝベアトリーチェよ、讃むべき哉、汝』といはうとした刹那のことであつた。それもはや『あゝベアトリーチェよ』と言ひ終つたそのとき私は覺めて目を開いて自分の迷ひを知つたのであつた。またこの名を呼びはしたものの、むせぶ涙のため聲がきれぎれになつたのでこの婦人達にはそれが何であるかわからなかつたやうであつた。

さて私はいたく耻ぢたが、とかく《愛》に勸められてかれらの方《かた》へ向いた。するとかれらは私を見て『この人は死んだやうに見える』といひ、また互に『いかにかしてこの人の氣を引立てよう』などといひはじめた。そして氣の引立つやうなことをかず〳〵言ひ、また屢私に何が恐ろしかつたのかを訊ねた。それゆゑ私は氣もやゝ落つき、且はこの想像の空しいことを認めたので『ありし次第を語らう』と答へた。そして私が見たものの話を始めから終りまでした。しかしこのいと貴い婦人の名だけはいはなかつた。そこであとでこの病が癒えたとき私は自分にあつたことに就て言葉を連ねよう（聞くもなつかしいことであると思はれたから）と思め定めた。そしてそれゆゑ『慈悲深くうら若く』といふ次のカンツォネを賦した。下記の區分で示してあるやうに組立てて。

〔第二カンツォネ〕

慈悲深くうら若く、人たる者の貴さに
ゆたかに飾らるゝひとりの淑女は、
わが屢《死》を呼べる處にありて、
なやみの滿つるわが目を見、
わが空しき言葉を聞きつゝ、
恐れていたく泣きいでぬ。
また他の淑女達は、彼女《かねな》の我と
ともに泣くを見、わが狀《さま》を知りて
彼女を去らせ、

さて我を呼び醒さんとて近づきぬ。
一人《ひとり》言ふ、『眠る勿れ』と。
また一人いふ、『など斯くくづをれ給ふや』と。
是時われこの奇《く》しき幻を棄つ、
わが淑女の名を呼べる刹那に。
わが聲はいと悲しく
かつ泣く苦しみの爲に絶々なれば、
我のみ心にこの名を聞きたり。
また耻のおもざしあまねく
わが顔にみゆれど、
《愛》は我をかれらの方《かた》に對《むか》はしめたり。
げにわが顔色は人の見て
死を語るほど變りてありき。
『あゝかれを慰めむ』、
一人《ひとり》やさしく斯く他に請ひ、

またみな屢曰ふ、
『何を見きとてかく氣を落し給ふや』と。
やゝ力づきて後、
われいふ、『淑女達よ、いざ告げむ。
我わが命《いのち》の脆きを思ひ、
その苟且《はかな》さを知りしとき、
心にやどる《愛》は泣きぬ。
是故にわが魂いたく惑ひ、
われは大息《といき》つきつゝ謂《おも》へらく、
げにわが淑女も必ず逝かむと。
是時われ劇しく思ひ亂れたれば、
目は壓《お》されて力なく閉ぢ、
靈達はみな、臆するあまり
さまよひいでぬ。
かくて意識と實とを離れて

幻を見しに、
女達のはらだてる顔現れ、
反復《くりかへ》して我に曰ふ、「汝も死せん、汝も死せん」と。
尋《つい》で我はわが空しき幻のうちに
多くの恐ろしきものを見たり。
いづことも知れぬ處にありて、我は
亂髪《みだれがみ》せる女達の、路をゆきつゝ
一人《ひとり》泣けば、一人は叫びて
憂ひの火の矢を射るを見たり。
やがて次第に
日暗くなりて星現れ、
かれもこれもともに泣き、
空飛ぶ鳥は落ち、
地は震へり。
また一人《ひとり》の色蒼く聾嗄《かれ》し人現れて

我に曰ふ、「いかにせし。爲知聞《しらせ》かずや。
いと美しかりし汝の淑女はや逝きぬ」と。
涙に濡るるわが目をあぐれば、
　マナの雨かとばかり
天に歸り行く天使達見ゆ、
　一抹の雲を前にし、
その後《あと》より皆ホサナとよばゝりぬ
(若し他に言へることあらば告げなんものを)。
是時《愛》曰ふ、「今は隱さじ、
汝來りてわれらの淑女の臥しをるを見よ」と。
虛妄の幻
我を導いてわが死せる淑女を見しむ。
しかしてわれ彼女を視しとき、
淑女達は首帕《かしらぎぬ》をもてこれを蔽へり。
げに柔和なるその姿よ、

彼女は恰も「われ安し」といふに似たりき。
かゝる柔和の姿を見、
我は憂ひのうちにもいと柔和になりて
いふ、「《死》よ、われいたく汝を愛《め》づ、
汝わが淑女にやどりゐたれば、
今は貴き者となりて、
侮蔑を棄て慈悲を懐かむ。
見よ汝のものとならんと願ふあまりに
わがはやまさしく汝に肖《に》たるを。
來れ、わが心汝を求む」と。
悲しみの事みな果てて後我は去り、
たゞひとりとなりしとき、
高き御國の方《かた》を望みて、
「美しき魂よ、汝を見る者は福《さいはひ》なり」といふ。
是時なりき、汝等が厚き志もて我を呼べるは』。

このカンツォネは二部から成つてゐる。第一部では、誰に語るとなしに語つて、或婦人達が私を空な幻から醒したことゝ、私がかれらにその幻の話をする約束をしたこととを言ひ、第二部では、話の次第を言つてゐる。第二部の始めは『我わが命の脆きを』である。第一部はまた二に分たれる。その第一では、私がまだ現《うつゝ》の狀態に歸らぬうちに、或婦人達、それとひとりの婦人だけが、私の幻に關して言つた事や爲したことを述べ、第二では、私がこの幻想を離れたあとで、この婦人達が私に言つたことを述べてゐる、そしてこの部分は『わが聲は』に始まつてゐる。次に私は『我わが命の脆きを』といつて、私がかれらに自分のこの想像の話をした次第を述べてゐる。そしてこのところを私は二部に分ける。その第一では、逐次この想像を說き、第二では、何時《いつ》かれらが私を呼んだかを言ひ、それとなくかれらに感謝してゐる。そしてこの部分は『是時なりき』からである。

二四

この空な想像の後の事、或日ある處で物思ひに沈んでゐると、私は、丁度この婦人の目の前にゐたやうに、心が鼓動しはじめるのを覺えた。そして其時《愛》の一異象が私に現れた。私はわが愛人のをるところからかれの來《く》るのを見たと思ひ、またかれが樂しさうに私の心の中で『己がお前を捉へた日を祝福しようと考へるがよい。それが當然であるのだから』といふと思つた。そして實際私の心があまりに樂しくみえて常とは違《ちが》つてゐたため、それが自分の心であるとは思はれなかつた。

心が《愛》の口を借りて私にかう言つた後、間もなく私は一人《ひとり》の貴婦人が私の方へ來《く》るのを見た。これは聞えた美人で、嘗ては私のあの第一の友に深く愛せられた者であつた。またこの婦人の名はジョヴァンナ（ヨハナ）であつたが、美しいため（と人々は信じてゐる）、プリマヴェラ（春）といふ名をもらひ、そしてさう呼ばれてゐた。さて見ると、彼女のあとからあの妙《たへ》なるベアトリーチェの來《く》るのがみえた。二人《ふたり》の婦人は斯く前後して私の側《そば》を通《とほ》つた。すると《愛》は私の心の中で語つて次のやうに言つたらしかつた、『前のあの婦人は今日《けふ》かうして來るといふその爲だけでプリマヴェラと名づけられたのだ。即ち己《おれ》が命名者《なづけびと》を動かしてあれをかうプリマヴェラと呼ばせたので、それはベアトリーチェがその忠僕の幻のあとで現れるその日に「先《さき》に來《く》るだらう」（プリマ、ヴェルラ）といふのである。それにまたあの婦人の始めの名を考へてみるがよい、それはプリマ、ヴェルラといふと同じ事だ。なぜなればその名のジョヴァンナはあのジョヴァンニ(ヨハネ)卽ち眞《まこと》の光に先立つて「我は主の道を備へよと荒野に呼《よば》はる者の聲なり」と言つたジョヴァンニから出たのである』。かれはまたそのあとでかう言つたらしかつた、『また深く思ひめぐらすほどの人は、あのベアトリーチェを《愛》と呼ぶだらう、よく己に似てゐるから』と。それゆゑあとで篤と考へた上、私は韻文で(但し言はぬがよいと思ふ言葉は省き)わが第一の友に書送らうと思ひ定めた。これはかれの心がまだこの貴いプリマヴェラの美しさに向つてゐると信じてゐたからである。そして私は『我は眠れる愛の』といふ次のソネットを賦した。

〔第十四ソネット〕

我は眠れる愛の靈の、
　心のうちにて醒むるを覺え、
尋いで《愛》の、見紛《みまが》ふばかり嬉しき狀《さま》にて
はるけき方《かた》より來るを見たり。
かれいふ、『いざ我を崇めんことを思へ』と。
　その言葉みなほほゑめり。

かくてわが主われと共にしばしゐしのち、
われはその出で來れる處を望みて、
モンナ・ヴァンナとモンナ・ビーチェと
わがゐし方《かた》に來るを見たり、
一の奇蹟、奇蹟の後《あと》より。
記憶のわれに語るを聞けば、
《愛》いひけらく、『これはプリマヴェラなり、
かれは名を《愛》といふ、よく我に肖たればなり』。

このソネットは多くの部分から成つてゐる。その第一部は、私が心の中にいつもの鼓動の起るのを覺えたことと、《愛》が悦ばしい姿で遠いところから私の心の中に現れた樣であつたこととを述べ、第二部は、《愛》が私の心の中で私にどう言ふと思はれたか、またどのやうに私に見えたかを述べ、第三部は、かれがかゝる姿でしばらく私と一緒にゐた後、私の見たことや聞いたことを述べてゐる。第二部は『かれいふ』から、第三部は『かくてわが主』からである。第三部はまた二に分たれる。その第一では、何を私が見たかを言ひ、

第二では、何を私が聞いたかをいつてゐる。第二は『《愛》いひけらく』からである。

二五

凡ての疑ひを解かるゝことの至當な人があるひはこゝで疑ひを起すかもしれない。その疑ひとは卽ち私が《愛》をそれだけで一の物、それも單に智的實體であるばかりでなく、恰も有形的實體である如く言ふことについてである。かゝることは學理から見れば僞りである。なぜといふに、《愛》はそれだけでは實體として存在するものでなく、たゞ實體に於ける一偶性に過ぎないからである。ところで私が之を恰も物體である如く言ひ、さらに人間である如くいつてゐることは、私が《愛》について言つてゐる三の事でわかる。卽ち私はかれの來《く》るのを見たと言つてゐる。しかるに來るといふのは場所の移動の意であつて、かの哲人の言に據ると、それだけで場所の移されうるものはたゞ物體のみである。隨つて私は《愛》を物體と見做すことになる。私はまたかれが笑つたといひ、また、物を言つたといつてゐる。が、この二の作用は人間特有のものと見える。笑ひの作用はとりわけさう見える。隨つて私はかれを人間と見做すことになる。

さてこの事を今この場合に必要なかぎり說き明すに當つて第一に心得ておくべきことは、昔は俗語で愛を歌つた者はなく、たゞラテン語で愛を歌つた詩人だけがいくたりかあつたといふことである。卽ち我等のうちでは（おそらく他の人々のうちにも同じ事が、たとへばギリシヤに於ける如く、昔あつたのみならず今もあるであらうが）俗語詩人でなく雅語詩人がこれらの詩材を取扱つたのである。そしてこれら俗語詩人（韻を履んで俗語で歌ふのは、ある範圍內では韻律によつてラテン語で歌ふのに等しい）が始めて現れたのは久しい以前のことでない。久しくないといふしるしには、オコの國語やシの國語に求むるに、今より百五十年以前のその先には何等の作品も見當らない。ある拙い人達が詩家たるの名を得た理由は、かれらがシの國語で歌つたいはゞ最初の者であつたからである。また俗語詩人として歌ひはじめた最初の人がさうするやうになつたのは、ラテン語の詩をよく理解しえない一婦人に自分の言葉を理解させようとの心からであつた。そしてこれが愛以外の詩材を捉へて韻文を作る人達にとつては不利なのである。かゝる表現の方法はもと〳〵愛を歌ふために見出されたものであるから。

そこで、詩人には散文作家以上に表現の自由が許されてゐるし、これらの韻文作家は俗語詩人に外ならぬゆゑ、かれらにも他の俗語作者以上に表現の自由を與へるといふことは相適しく且また道理に應《かな》ふのである。隨つて、何等かの文飾や美辭的彩色がかの詩人達に許されてゐるならば、それがまた押韻者にも許されてゐることになる。それゆゑ、かの詩人達が無生物にむかつて恰も官能や理性を有するものの如く話しかけ、またこれらのものに互に語らせ、それも實在の物のみならず、非實在の物にまで及んでゐること(即ち存存しない物が物言ひ、多くの偶性が恰も實體であり人間であるごとく物言ふとかれらの言つてゐること)があるならば、韻文作家達もこれと同様のことをするのが當然である。といつて何の理由もなしにではない。後に散文で說き明しうるだけの理由があつての上でである。ところでかの詩人達が丁度このやうな言ひ方をしたといふことはヴィルジリオでわかるのである。かれは「エーネアの歌」の第一巻に、ジューノ、即ちトロイア人《びと》の仇なる一女神が風の長《をさ》エオロに語つて『エオロよ、汝に』といひ、この長が『あゝ王妃よ、願ふ所を量り定むるは汝の業《わざ》、わが務はたゞ命を行ふにあり』と答へたといつてゐる。また同じ詩人の書《ふみ》で無生物が生物に物を言つてゐる。即ち「エーネアの歌」の第三巻に、『堅忍なるダルダニデよ』。ルカーノでは生物が無生物に物を言つてゐる。即ち『されどローマよ、汝は市民の武器に負ふ所多し』。オラーチオでは人間が己自身の詩才に向つて恰も他人に對するごとく語つてゐる。そしてこれはオラーチオの言葉であるばかりではない、かれはあの卓《すぐ》れたオーメロの言ひ方を、いはば反覆《くりかへ》して、斯く言つてゐるのである。卽ちその「詩論」に、『我に語れ、ムーザよ』。オヴィヂオでは《愛》が恰も人間の如く物を言つてゐる。卽ち「戀愛治療書」といふ書《ふみ》の始めに、『かれ言ふ、我は軍《いくさ》の、軍の備への我に對ひて爲さるゝを見る』。されば私のこの小册子のいづれの處かに疑ひをいだく人も、以上の事によつてそれを解くことが出來るであらう。しかし拙い人がこれによつて思ひあがることのない爲に言つておくが、かの詩人達は理由なしにかやうな言ひ方をしたのでない。また韻文を作る人達もその言ふ所に對して己に何等の見解もなしにかやうな言ひ方をしてはならない。文飾や美辭的彩色の衣《ころも》の下で詩作し、そしてあとで問はれても、その言葉から斯る衣を剝いでその眞義を表す術《すべ》を知らないならば、それはその人にとつて大きな恥辱であらう。だが、わが第一の友も私も、かゝる愚《おろか》な韻文作家を數多く知つてゐる。

二六

さてさき〴〵の言葉で述べたこのいと貴い婦人は、いたく人々に愛せられ、道を通ると、誰も彼も彼女を見るため馳せてゆくほどになつた。そしてこれが私に不思議な喜びを與へた。

また彼女が誰かに近づくと、その人は深い愼みの念を心に起し、目を擧げることもその會釋に應ずることも出來なかつた。これを若し信じない人があるならば、多くの人々が自己の經驗から私の爲に證《あかし》することもできるのである。彼女は、柔和を冠とし衣として歩み、その見るもの聞くものに就て何等の誇りをも現さなかつた。彼女の過ぎたあとで多くの人々は言つた、『これは女ではない、天にをるいと美しい聖使《みつかひ》達のひとりである』と。また或人々は言つた、『これは一の奇蹟である。かくも奇《くす》しき業《わざ》をなし給ふ力ある主の畏《かしこ》さよ』と。げに彼女のいと貴いことや一切の美を兼備へてゐることがその姿に表れたので、彼女を視る人々は、言葉でいひ難いほどの或純なうるはしい悅びを心に感じた。とはいへ、始めに歎息《ためいき》を强ひられずして彼女を見ることのできる者は一人《ひとり》もなかつた。これらの事や更に不思議なことどもが彼女の力から出たのである。それゆゑ私はこれを考へ、彼女の讃美の筆を再び取らうと願つたまゝ、言葉を連ねてその不思議なすぐれたはたらきをいくらか傳へようと思ひ定めた。これは彼女を親しく視ることのできた人々ばかりでなく、さもない人々にも、言葉の傳へうるかぎり、彼女のことを知らせる爲であつた。かくて私は『わが淑女』といふ次のソネットを賦した。

〔第十五ソネット〕

わが淑女人に會釋するとき、
そのさまいと貴くいと愼《つゝま》しやかなれば、
誰《た》が舌もふるひて默《もだ》し、
たが目も敢てこれを視じ。
讚むるを聞きつゝ柔和の衣を
彼女はしとやかに着て歩み、
さながら奇蹟を示さんため
地に天降れるものと見ゆ。
またその姿もて、見る人をいたく喜ばし、
驗《ため》さぬ人の知りがたき麗しさをば
目によりて心に與ふ。
その顏よりは、愛の滿つる
やさしき一の靈いでて、
行きつゝ魂に『大息《といき》をつけよ』といふ如し。

このソネットは前述のことによつてたやすく理解せられ、何等の區分をも要しない。それゆゑこれを措いて言はう。

さてわがこの淑女はいたく愛せられ、彼女自身崇められ讃められたばかりでなく、彼女のために多くの婦人達までも崇められ讃められるやうになつた。それゆゑこれを見て私は見ない人にも知らせようと願つたまゝ、さらに言葉を連ねてこれを言現さうと思ひ定めた。そしてその時『女のうちにてわが淑女を』といふ今一のソネットを賦した。これはその區分に見えるとほり、彼女の徳が他の婦人達に及ぼしたそのはたらきを敍してゐる。

〔第十六ソネット〕

女のうちにてわが淑女を見る者こそは
凡ての福《さいはひ》を見きはむるなれ。
彼女とともに歩むものは
深き聖恩《みめぐみ》のため神に感謝せざるをえじ。
その美にはいと大なる徳ありて、

いかなる女も嫉みをおこさず、
高雅、愛、及び信を衣として
彼女とともに行くにいたる。
その姿はなべての人の心を和げ、
彼女ひとりを麗しくするのみならで、
女達みなそのために譽《ほまれ》を得《う》。
またそのふるまひはいとも貴し、
　されば彼女を思ひいでつゝ
愛の甘《あま》さに大息《といき》せぬ人はあらじ。

　このソネットは三部から成つてゐる。第一部では、どんな人達のなかでこの婦人が最も妙《たへ》に見えたかを言ひ、第二部では、彼女と連立つことの嬉しさをいひ、第三部では、彼女がその力によつて他人に及ぼしたはたらきの數々を擧げてゐる。第二部は『彼女とともに歩む』から、第三部は『その美には』からである。この最後の部分はまた三に分たれる。その第一では、彼女が婦人達に及ぼしたはたらき、卽ちかれら自身に關してのはたらきを述べ、第三では、彼女が婦人達だけでなく凡ての人々のうちに、またその目前《めのまへ》だけでなく彼女を思ひ出す時にさへ不思議なはたらきをしたことを述べてゐる。第二は『その姿は』から、第三は『またそのふるまひは』からである。

二七

その後或日私はわが愛人について前のあの二のソネットで私の言つたことを考へはじめた。そして考へてゐるうちに、彼女《かのぢよ》が當時私に與へてゐた影響を述べなかつたことを見て、私の言ひ方が不充分であると思つた。それゆゑ私は言葉を連ねて、私が彼女の作用《はたらき》を受け易くなつてゐるらしかつたことや私のうちにその德のはたらいた次第を言はうと思ひ定めた。そしてソネットといふ短いものではそれを述べ難いと信じたので、そのとき『いと久しく』といふ一のカンツォネを賦しはじめた。

〔第三カンツォネ〕

いと久しく《愛》われを治めて

その主權に慣れしめたれば、
さきに我に酷《つら》かりしほど
いまやさしくかれわが心のうちに宿る。
されば我かれに力を奪はれ、
靈達逃ぐとみゆるときにも、
わが弱き魂はいたく悦び、
わが顏ために色を失ふ。
さるは《愛》我にその威を奮ひて、
いづる大息《といき》に物言はしめ、
大息はいでつゝわが淑女を呼びて
まされる幸《さち》を與へんことを乞へばなり。
これ彼女の我を見る毎に起る事にて、
人の信じえぬほどに樂し。

二八

『あはれ人のみちみちし都今はさびしく、諸の民の女王さながら寡婦《やもめ》のごとくになりぬ』。

私がなほこのカンツォネのことに心をむけてをり、そしてはやそのうち前記のあの一節を作り終へた時、正義の主はこのいと貴い婦人を召し給ひて、聖なる女王處女《をとめ》マリヤ（その御《み》名《な》はこの福《さいはひ》なベアトリーチェがいと深い尊敬の念をもて唱へてゐたのである）の御旗のもとに榮光を享けしめ給うた。

さて彼女の他界に就て今何か述べるのは恐らく好ましいことであらうが、こゝでそのことを述べるのは私の志でない。それには三の理由がある。その第一はさうするのが私の現在の趣旨にそはないといふことであつて、これはこの小册子の卷頭の序言に注意すればわかるのである。第二はたとひ現在の趣旨にそふとしたところで、なほ、そのことを適當に述べるには私の言葉が不充分であらうと思はれることである。第三はたとひ以上二がよいとしたところで、そのことを私の述べるのは相適しくないといふことである。述べるとすると私は私自身を讚めなければならぬであらうし、かやうなことは誰がするにしても全く非難すべきことであるから。で、私は件の敍述を他人の筆に委ねよう。

とはいへ、九といふ數はさきざきの言葉のうちに度々現れたのであり（隨つてそれには理由がないとは思はれず）、彼女の他界の際にもこの數が屢現れてゐると見えるゆゑ、これに就て何か言ふのは相適しいことである——それが趣旨に適つてゐると思はれるから。そこで私はまづこの數が彼女の他界の際にどのやうに現れたかを言ひ、次にこれが何故かくまで彼女と親しかつたのかその理由を少しく擧げよう。

二九

さてアラビアの暦法によると、彼女のいと貴い魂の去つたのは月の九日の第一時であり、シリアの暦法によると、年の第九月に去つたことになる、それはかの地の第一月が第一チジリンといつてわが十月に當るからである。またわが暦法によると、その去つたのは、わが紀元即ちキリスト降生紀元後、彼女がこの世に生れた世紀中（彼女は第十三世紀のクリスチァンの一人《ひとり》であつた）完全數が九度滿ちた年である。さてまたなにゆゑこの數がかくまで彼女と親しかつたかといふに、一の理由は斯うであらう。即ち、トロメオの説に據るもキリスト教の眞理によるも、めぐる天は九《こゝのつ》である、そしてこれらの天は、星學者共通の意見に從へば、その相互の關係によつて下界に作用を及ぼすのであるから、この數が彼女の友であつたのは、彼女の生れた時、めぐる九の天が皆最も完全にその相互の關係を保つてゐたことをあらはす爲であつた。これがその理由の一である。しかしなほ深く考へ、且また誤りのない眞理に照してみると、この數は彼女自身であつたのである。といふのは比喩としてであつて、それを私はかう解してゐる。三といふ數は九の根《もと》である。なぜなれば、三三が九といふことを誰しも明かに認めるやうに、これはほかのどの數をもまじへずにそれだけで九となるからである。それゆゑ、三がそれだけで九の因子であり、諸の奇蹟の因子がそれだけで三、即ち三にして一にいます父と子と聖靈とであることより見れば、この婦人がこの九の數に伴はれたのは、彼女が一《ひとつ》の九、即ち一の奇蹟(その根《もと》即ちその奇蹟の根はたゞ靈妙な三一である)であつたことをあらはす爲であつた。さらに考深い人は恐らくさらに深い理由をそのうちに見出すであらう。しかしこれが私の見る所であり、私の心にいとよく適ふものなのである。

三〇

彼女がこの世を去つて後、件の都はいたるところその凡ての尊榮を失ひ、あたかも寡婦《やもめ》の如くになつた。それゆゑ私はこのさびしい都のうちでなほも泣きつゝ、世の君主達に宛て、『あはれ人のみち〳〵し都』といふ預言者エレミヤの始めの言葉を引いてこゝの有樣を少しく書録《かきしる》した。このことを私の言ふのは、なぜ私が前にそれを引用してあたかも次に出て來る新しい詩材の序のやうにしたのかと異《あや》しむ人のない爲である。若しまた引用した言葉の續きを茲に錄《しる》さないといふので私を非難しようと思ふ人があれば、私はそれを斯う辯解しよう。俗語ででなければ書かないといふのがそもそも私の最初からの考であつた。しかるに引用した言葉の續きはすべてラテン語であるから、それを書錄せば私のこの考に悖ることになる。それにまた私はわが第一の友（この友へこれを書送るのであるが）も自分と意向を同うしてゐたこと、卽ち私に俗語だけで書送らせようとしてゐたことを知つてゐるのである。

三一

私の目がしばらくの間泣き、もはや私の悲しみを遣《や》ることの出來ぬほどに疲れたとき、私は或憂ひの言葉によつてそれを遣らうと考へた。それゆゑ一のカンツォネを作つて、あの婦人、私の魂をかきみだした深い憂ひの因《もと》である婦人のことを歎きのうちに語らうと思ひ定めた。そして其時『心を憐みて憂ふる目は』といふ一のカンツォネを賦しはじめた。

　このカンツォネがその終りにいたつたあとでいよ〳〵寡婦《やもめ》の如くに見えるやうそれを私は錄《しる》すまへに區分しよう。そしてこれから先もこの例に據ることにしよう。さてこの不便《ふびん》なカンツォネは三部から成つてゐる。第一部は序詞である。第二部では彼女のことを述べ、第三部ではいたいたしい言葉でこのカンツォネに物言つてゐる。第二部は『行きぬベアトリーチェは』から、第三部は『わが哀なるカンツォネよ』からである。第一部は三に分たれる。その第一では、なにゆゑ語らうと思ひ立つたかを言ひ、第二では、誰に語らうと思ふかを言ひ、第三では、誰の事を語らうと思ふかをいつてゐる。第二は『思ひぞいづる』から、第三は『いざ歎きつゝ』からである。次に私は『行きぬベアトリーチェは』といつて彼女のことを述べてゐる。そしてこの處を二部に分ける。始めに私は彼女が世から取去られた理由をあげ、次に、人々が彼女の他界を悼《いた》む次第を言つてゐる。後者は『恩惠《めぐみ》の滿つる』からである。またこの部分はさらに三に分たれる。その第一では、彼女の爲に泣かない人のことをいひ、第二では、同じく泣く人のことをいひ、第三では、私自身の狀態《ありさま》をいつてゐる。第二は『されど一度《たび》心の中にて』から、第三は『わが心を裂ける』からである。次に私は『わが哀なるカンツォネよ』といつてこのカンツォネに物言ひ、どのやうな婦人達の許へ行つて一緒にをるべきかを示してゐる。

〔第四カンツォネ〕

心を憐みて憂ふる目は、
泣く苦しさに
はや力なし。
されば死へ漸々《やゝく》に我を率《ゐ》てゆく
その憂ひを遣《や》らんには
たゞ歎きつゝ語るあるのみ。
思ひぞいづる、わが淑女未だ世にある日、
貴き女達よ、我は汝等と
好みて彼女のことを語りき。
かゝれば女のうちに宿るその貴き心の外《ほか》
誰にも我は語るをねがはじ。
いぎ歎きつゝわれ彼女の事をいはむ、
我とともに憂ふる《愛》をあとにして
彼女《かねな》忽焉《ゆくりなく》 天に行きたればなり。

行きぬベアトリーチェは高き御空《みそら》に、
諸の天使のやすらふ御國に。
かくてかれらと共にありて汝等女達を殘しぬ。
彼女を世より奪へるものは、他人《あだしびと》をうばふ
冷熱の狀《さま》にはあらで、
ただそのすぐるゝ德なりき。
卽ち彼女《かねな》の柔和の光、
永遠《とこしへ》の主を驚かしまつりしほどの
力をもて諸の天を貫きたれば、
主はかゝる福《さいはひ》を召さんとの
いみじき願ひを起し給ひて、
彼女を下界より御許《みもと》に到らしめたるなりき。
なやましき世にあることのかゝる貴人《あてびと》に
相適しからぬを主見給ひたればなり。
恩惠《めぐみ》の滿つる貴き魂

彼女の美しき身を離れ、
ふさはしき處にありて榮光をうく。
彼女のことを語りつゝ猶泣かぬ人あらば、
その心は石にして、優《やさ》しき靈の入るを
えぬまで且惡しく且卑し。
心卑しければ才高くとも
彼女を想ひみるをえず、
えざれば泣くの憂ひ起らじ。
されど一度《ひとたび》心の中にて、昔の姿や
世を去りしさまを見る人にありては、
悲しみと、歎きかつ
泣いて死ぬるの願ひ生じ、
その魂すべての慰藉を失はむ。
わが心を裂ける淑女を
憂《う》き記憶の中《うち》にてわが思ひの呼起す時

大息《といき》いたく我を苦しむ。
また屢死をし思ふに、
いとなつかしき願ひ起りて、
わが顏ために色變る。
またこの幻つよく我に臨むとき、
烈しき惱み四方《よも》より襲ひて
憂ひの爲にわが身わなゝき
姿もとのごとくならねば、
われ耻ぢて人を避く。
かくて泣きつゝ、たゞひとり歎きのうちに
ベアトリーチェを呼びて『さては死し給へる
なるか』といひ、呼びてしかして自ら慰む。
憂ひの涙、苦しみの大息《といき》は、
わが獨居處《ひとりをるところ》にて心をさいなみ、
人これを視ばあはれまむ。

淑女新しき世に行きてこの方、
われいかに日を經しや
語りうべき言葉もあらじ。
されば女達よ、たとひわれ願ふとも
わが身のさまをよく汝等に告げ難し、
つれなき生命《いのち》かくばかり我をなやませばなり。
げにこの生命はひしがれたれば、
わが蒼ざめし面《おもて》を見て
『われ汝を棄つ』と人みな我に言ふ如し。
されど淑女わが身のさまを見るがゆゑに、
我はなほ彼女の恩惠《めぐみ》を待望む。
わが哀《あはれ》なるカンツォネよ、いざ泣いて行き、
嘗ては汝の姉妹達が
悦びをえさす習ひなりし
女、少女《をとめ》達を訪《と》へ。

あゝ汝悲しみの子よ、慰めもなく
出で行きて、しかして止まれかれらの許に。

三二

このカンツォネの出來たあとで、或人が私を訪《おとづ》れた。この人は親しみの程度からいふと私には第一の友のすぐ次に當り、また血縁《ちすぢ》の上ではこれ以上近い者のないほど密接にこの榮光の淑女と繫《つな》がれてゐる人であつた。さて私と話をしたあとで、彼は亡くなつた一人《ひとり》の婦人に就てかれの爲に何か物するやう私に請うた。そして實際なくなつた今一人の婦人のことを言つてゐると思はせるやうにその言葉を紛《まぎ》らした。しかし私はかれがかの受福者のためにのみ言つてゐるとさとつたので、請はれた通りにしようと答へた。それゆゑあとで考へたうへ、私は一のソネットを賦して少しくわが哀戚の意を敍し、且それをこの友に贈つて、かれのために作つたと見えるやうにしようと思ひ定めた。そして其時『來りてわが大息を聞け』といふ次のソネットを賦した。

これは二部から成つてゐる。第一部では、《愛》の從者達に呼びかけて私の嘆きを聞くことを求め、第二部では、私の幸《さち》ない身の上を述べてゐる。第二部の始めは『こは慰めもなく』である。

〔第十七ソネット〕

來りてわが大息《といき》を聞け、
あゝ諸の貴き心よ、慈悲之を求むればなり。
こは慰めもなく出で行く大息、
若しなかりせば我は憂ひのために死なむ。
然《さる》は泣いて心を遣《や》るにいたるまで
わが淑女のために泣かんには、
あはれわが目あまりにしげく
わが負債者《かりぬし》となればなり。
聞け、このといきの幾度《いくたび》も、
德にふさはしき世にゆきし

わが貴き淑女を呼ぶを、
また己が福《さいはひ》に棄てられし
わが憂き魂の名によりて
をりふしこの世をさげしむを。

三三

このソネットを賦して後、私は自分がこれを贈らうとしてゐる人（それもその人の爲に作つたものとして）の誰であるかを考へて見て、この榮光の淑女とかくも縁《ゆかり》の近い人に對してはこれが拙いそして風情のない奉仕に過ぎぬと思はれるのを知つた。それゆゑ前記のソネットをまだかれに贈らぬさきに、私は一のカンツォネの二節を作つた。その一節は實際この人のため、また一節は私のためであつた、とはいへ見方の精しくない人にはかれもこれも一人《ひとり》の人の爲に作られたものと見えよう。しかし精しく吟味する人には、違《ちが》つた人の語つてゐることがよくわかる。それは、判然《はつきり》と見えるやうに、一はこの婦人をわが淑女と呼んでゐるし、一はさうでないからである。さて私はこのカンツォネと前記のソネットとをかれに贈り、且かれの爲にのみそれを作つたのであると言添へた。

このカンツォネは『あはれ、かゝる』に始まつてゐ、そして二部から成つてゐる。その一部卽ち第一節では、私と親しく彼女と緣《ゆかり》の近い人が歎き、第二部卽ち『一の哀なる音』といふ殘りの一節では私が歎いてゐる。かくこのカンツォネには歎く人が二人《ふたり》あつて、一人は兄弟のやうに、一人は僕《しもべ》のやうに歎いてゐることがわかるのである。

〔第五カンツォネ〕

あはれ、かゝる憂ひのうちに我を殘しし
淑女をば再び見るあたはじと
わが思浮ぶるごとに、
悲しき記憶は
心を深き憂ひに蔽ひつ、
われために曰ふ、『わが魂よ、などか去らざる。
汝にとりて今さへ斯くもなやましき世に

なほも受くべき諸の苦痛《いたみ》は
強き恐れをもて我を思ひに沈ましむ』と。
かゝれば我はわが懐《なつか》しき樂しき休息《やすみ》を
迎ふるごとく《死》を呼びつ、
誰《た》が死ぬるをも羨むばかりの
愛をもて『わが許に來れ』といふ。
一の哀《あはれ》なる音《おと》
わが大息《といき》のうちに集まり
たえず《死》を呼びて出行く。
わが淑女その酷《むご》き
力に捉へられし時、
かれにこそわが願ひみな向へるなれ。
さるは彼女の美の悅び
われらの目より離れ去りて
おほいなる靈の美となり、

この美今や愛の光を遍く天に
漂はして諸の天使達にさきはへ、
そのいみじき深き智をさへ驚かすほど
かしこにていと貴《たふと》ければなり。

三四

この婦人が永遠《とこしへ》に生くる市民のひとりとなつてから滿一年に當る日に、私はある處に坐して、彼女を思ひ出しながら、幾枚かの小さな板の上にひとりの天使を畫いてゐた。そして畫いてゐるうちに目を移して見ると、ある尊敬すべき人々が私の側《そば》に立つて私の爲《す》ることを見てゐた。あとで聞けばかれらは私の氣のつかぬさきにも、しばらくそこにゐたのであつた。さてかれらを見ると、私は立つて會釋をし『今しがた或人が一緒にゐたので、つい考へこんでゐた』といつた。そしてかれらが去つた時、私は自分の仕事に歸つて、天使達の姿をゑがいた。かうしてゐるうちに、いはゞ一周年の記念のため言葉を連ねて、これを、私を訪《おとづ》れたあの人々に宛てようといふ考が私に起つた。そしてその時『わが記憶の中に』といふ次のソネットを賦した。これには二の發端がある。それゆゑこれをその二によつて區分しよう。

さて第一の發端によると、このソネットは三部から成つてゐる。第一部では、この婦人が既に私の記憶に宿つてゐたことを言ひ、第二部では、そのため《愛》が私に何を爲したかをいひ、第三部では、《愛》の諸作用をいつてゐる。第二部は『記憶のうちに』から、第三部は『みな歎きつゝ』からである。この部分はまた二に分たれる。その一では、私の歎《ため》息《いき》がみな物言ひながら出たことをいひ、第二では、その言ふ言葉がみな同じではなかつたことをいつてゐる。第二は『されどわきて』からである。また第二の發端によつても分け方には變りがない。たゞ違《ちが》ふのは、第一部でいつこの婦人が斯く私の記憶に入り來つたかを言つてゐるのに、いま一の方ではそれを言つてゐないといふだけのことである。

〔第十八ソネット〕

（第一の發端）

わが記憶の中に、貴き淑女
　來りてゐたり。こはその德のため

いと高き主がマリヤの在《いま》す
平和の天に住ませ給へる者なりき。
（第二の發端）
わが記憶の中に、《愛》の悼《いた》む。
貴き淑女來りてゐたり。
なんぢら彼女の力に引かれて
わが爲すところを見しその刹那に。
記憶のうちに彼女のあるを知りし《愛》は、
毀《こほ》たれし心のうちに目覺めて、
『いで行けよ』と大息《といき》にいへば、
みな憂ひつゝ立去りぬ。
みな歎きつゝ胸よりいでぬ、
うき涙をば悲しき目に
しば〳〵おくる聲をいだして。
されどわきて苦しみていづる大息は、

ゆきつゝ言ひぬ、『あゝけだかき智よ、汝天に昇りてより今日《けふ》ぞ一年《ひとゝせ》の滿つる日なる』と。

三五

しばらくの後、或處で過去《こしかた》をしのんでゐたとき、私は深く思ひ沈み、悲しいことをいろいろと考へた。それは恐ろしい落膽《きおち》が私の姿に現れるほど悲しいことであつた。そこで私は自分の惱みに氣がつき、誰か私を見てゐはせぬかと、目を擧げて見た。すると其時一人《ひとり》の貴い、若い、すぐれて美しい婦人が見えた。彼女は、一切の慈悲をその身に集めたかと思はれるほど愍み深い樣子をしてとある窓から私を見まもつてゐた。そもそも不幸な人々が己に對する他人の同情を見る時は、恰も己自身をあはれむ如く、いよいよ涙を催すものであるから、私もそのとき自分の目が泣かうと思ひ始めるのを覺えた。それゆゑ私はわが弱みを人に見せじとの心遣ひから、この貴婦人の目の前を離れ、かくて心のうちで言つた、『あの情深い婦人に、いとけだかい愛のやどつてゐぬ筈はない』と。そしてそれゆゑ一のソネットを賦して彼女に物言ひ、且この說話のうちに述べてあることをみなこれに含めようと思ひ定めた。但しこの説話で充分明瞭であるから私はこれを區分しない。さてこのソネットは『憂ひのために』に始まつてゐる。

〔第十九ソネット〕

憂ひのためにしば／＼變る
わが擧動《ふるまひ》と容《かたち》とを見しとき、
いかに深き愍みの、汝の姿に
現れしやをわが目は見たり。
われはその時、わが暗き身のさまを
汝の思ひゐたるを知り、
目にわが弱さのあらはるる
恐れ心におこりて、
汝の前を離れたり、
なんぢを視したためいたく亂れし
心より涙の出づるをおぼえつゝ。

かくてわれ悲しき思ひのうちにいふ、
『げにかの淑女にこそ斯く我を
泣かしむる《愛》はやどれ』と。

三六

その後、この婦人は、どこで私を見ても、恰も愛からと思はれるやうに、姿が慈悲深く色が蒼白くなつた。それゆゑ私は、いつもこのやうな色をしてゐたわがいと貴い婦人のことを幾度も思ひ浮べた。そして實際度々私は、泣くことも自分の悲しみを遣ることも出來なくなつたので、この慈悲深い婦人――その姿で私の目から涙を引出すやうに思はれたこの婦人を見に行つた。そしてそれゆゑさらに言葉を連ねて彼女に物言はうとの願ひを起し、『雅びたる目』といふ次のソネットを賦した。これは區分せずとも以上の説話で明かである。

〔第二十ソネット〕
雅《みや》びたる目や憂ひの涙を

しば〳〵見る女の顔に
愛の色慇みのけはひ見ゆとも、
その奇《く》しきこと
わが憂き姿を眼前《まのあたり》にみしをり〳〵の
汝の顔にいかでかおよばむ。
されば汝によりてわが記憶に浮ぶものあり、
我その爲にいたく恐る、わが心の壞《やぶ》れんことを。
わが目萎《な》ゆれど、我これを阻みて
汝を屢見ることなからしめ難し、
泣くの願ひ目にあればなり。
汝これが願ひを切《せち》にし、これをして、
思ひのために窶《やつ》れはてしむ。
されどこれとて汝の前に泣くをえじ。

三七

この婦人を見るにつれて私はいつしか自分の目が彼女を見ることをあまりに嬉しく思ひはじめるまでにいたつた。それゆゑ幾度《いくたび》か心の中でこれを憤り、そして自分を甚だ弱い者と考へた。またそれゆゑ幾度もわが目の浮薄を呪ひ、胸の中でこれに言つた、『ついぞ先まで君達はそのいたましい有様で、見る人をいつも泣かしたのだ。しかるに今は、この婦人が君達を見るといふので（その見るのは、君達のいつも泣いて惜んでゐるあの榮光の淑女の事がこの婦人を憂へしめるからに過ぎない）、それを忘れようとしてゐるらしい。だが出來るなら何とでもするがよい、己《おれ》は幾度も〳〵あの淑女のことを君達に思ひ起させるから。目の罰當奴、死んだ後でなければ君達の涙は決して息《や》む筈がないから』と。斯う私が心のうちでわが目に言つた時、深い深い苦しい歎息《ためいき》が私を攻めたてた。そして我と我とのこの戰ひがたゞそれに遭つた不幸な者の知つてゐるだけに止まらぬやう私は一のソネットを作つてこの恐ろしいありさまを現さうと思ひ定めた。そして『あゝわが目よ』といふ次のソネットを賦した。

これは二の部分から成つてゐる。第一部では、私の心が私自身の胸の中で語つたその通り目にかたり、第二部では、斯く語る者の誰であるかを明かにして一の疑ひを取除いてゐる、そしてこの部分は『かくわが心』からである。無論更に細かく區分することも出來ようが、前の說話で明瞭であるから、それは徒《むだ》であらう。

〔第二十一ソネット〕

『あゝわが目よ、斯くも久しく
汝の流せる苦しみの涙の、
人をして愍みて泣くに
いたらしめしは汝の見し如くなるに、
今はこれを忘れやすらむ、若し汝に
汝の悼《いた》む淑女を思ひ出でしめつゝ
忘るゝ因《もと》をみな斷つことをせざるほど
我自ら信に背かば。
汝の浮薄われを思ひに沈ましめ、

かつ怖《おぢ》しむるによりて、我は汝を覗る
淑女の姿にいたく恐る。
死してならでは汝いかで
死せる汝の淑女のことを忘るべけんや』。
斯くわが心言ひ、いひて大息《といき》す。

三八

この婦人の姿は私を新な状態に引入れ、そのため私は幾度《いくたび》も彼女をこよなくわが意に適《かな》ふものと考へるにいたつた。そして彼女について私は斯う考へた、『これは貴い美しい若い賢い婦人である。恐らく私の生活を安らかならしめるため《愛》の意志によつて現れたのであらう』と。そしてまた幾度もさらになつかしく考へたので、心はこれに——その言ふところに同意するにいたつた。しかしかく同意したそのとき、私は恰も理性に動かされたかのやうに考へなほし、わが胸のうちで言つた、『あゝ何たる考ぞ、かくも卑しい方法で私を慰めようとし、殆ど私に餘の事を考へさせぬとは』と。するとまた他《ほか》の考が起つて私に言つた、『さて君はあれほどの苦患《なやみ》をうけて來てゐながらなぜその苦しみを脫れようとは思はないのか。見給へ、これは愛の願ひをわれらのまへにおくる、《愛》の一靈感であつて、かほどの慇みをわれらに示したその婦人の、目といふいと貴いところから出てくるのだ』と。さてかく度々私はわが胸の中で戰つたので、これに就てまた或言葉を連ねようと願つた、そして諸の考の戰ひでは彼女に味方して物言つた考が勝つたのであるから、彼女に話しかけるのが相適しいことであると思つた。そして『貴き思ひ』といふ次のソネットを賦した。こゝで『貴き』と私の言ふのはたゞそれが貴い婦人のことを述べたからである。その他《ほか》のことでは極めて賤しい考であつたから。

このソネットで私は自分の考の分れたとほりに、私自身を二部に分けてゐる。その一部を私は『心』といふ、卽ち慾情である。他の一部を『魂』といふ、卽ち理性である。そして私はかれとこれとの語る次第を述べてゐる。また慾情を心と呼び理性を魂と呼ぶ事の當然なのは、それがわかつてほしいと私の思ふ人々には充分明瞭なのである。いかにも前のソネットで私は心の部分を目の部分に抗敵《はむか》はせた、そしてこれが今のソネットで私の言ふ所と矛盾するやうに見える。それゆゑ言つておくが、あの處でも心はやはり慾情の意である。なぜなればわがいと貴い婦人のことを思ひ浮べようといふ願ひの方がこの婦人を見ようといふ願ひ

（かゝる慾情もはやいくらかありはしたがそれは微弱と思はれた）よりも當時まだ深かつたからである。これで前後の言葉に矛盾のないことがわかる。

このソネットは三部から成つてゐる。第一部では、この婦人に語りはじめて、私の願ひが全く彼女の方に向つてゐることをいひ、第二部では、魂即ち理性が、心即ち慾情に物言ふ次第を述べ、第三部では後者のこれに對する答を述べてゐる。第二部は『魂心に』から、第三部は『心之に答ふ』からである。

〔第二十二ソネット〕

貴き思ひ、汝のことを述ぶるもの、
しば／＼來りてわが許にとゞまり、
いとなつかしく愛を語りて
心を己に靡かしむ。
魂心にいふ、『こは誰ぞ、
われらの意を慰めんとて來り、

また力いと強くして他《ほか》の思ひのわれらと
ともにあるを容《ゆる》さぬほどなる者は』。
心之に答ふ、『あゝ物思ふ魂よ、
こは愛の新しき靈、
己が願ひをわが前におくる者なり。
その生命《いのち》とすべての力とは
われらの苦しみの爲になやめる
慈悲深き人の目より出でにき』。

三九

理性のこの敵に對して、或日、第九鐘の頃、一の强い想像が私の心の中に起つた。そして私はあの榮光のベアトリーチェを見たと思つた。彼女は、はじめてわが目に現れた時の紅の衣を着てゐ、また私がはじめて彼女を見た時と同じ年頃の若さに見えた。そこで私は彼女のことを考へはじめた。そしてこし方の次第を逐うて彼女のことを思ひ浮べてゐるうちに、自分の心は、あの堅固な理性にさからつて幾日かの間あさましくも慾望の虜となつてゐたことを深く〳〵後悔しはじめた。そしてかゝる邪慾が逐ひ拂はれたとき、私の諸念諸想はみなその君なるいと貴いベアトリーチェに歸つた。そしてそれ以來私は羞恥の心を盡して彼女のことを考へ、それが幾度も歎息《ためいき》にあらはれるまでにいたつた。なぜなれば歎息が殆どみなその出づるときに、心のうちで言はれるもの、卽ちあのいと貴い婦人の名やその他界のさまを言つたからである。また或思ひにはわけて烈しい苦しみが宿つてゐたため私自身その思ひをも私のをるところをも忘れることが度々あつた。

　歎息《ためいき》が斯く再び熾《さか》んになるにつれ、一度緩《ゆる》んだ涙もまた熾んになり、私の目は、泣くことだけを願つてゐる二《ふたつ》の物のやうに見えた。また長く泣き續けたため、人の何か苦痛を受けた場合によく現れる赤色《あかいろ》がその周圍《まはり》を染めることも屢あつた。これでわかるであらうが、目はその浮薄に對して相適しい報《むくい》をうけ、それ以來、たとひこれを熟視《みつめ》て同樣の思ひに引入れることのできる人があつても、その人を視る力がなくなるにいたつたのである。それゆゑ私はかゝる邪慾やあだな誘惑の絕やされたことを明《あか》して、前に作つた韻語から何等の疑ひも起りえぬやうにしようと願つたまゝ、一のソネットを賦してこの說話の趣意を現さうと思ひ定めた。そして其時『あはれ、心の中の思ひより』と言つた。『あはれ』と言つたのはわが目のかやうに輕々しかつたのを自ら耻ぢたからである。

このソネットを私は區分しない、その説話でそれが充分明瞭になつてゐるから。

「第二十三ソネット」

あはれ、心の中の思ひより
出づる大息《といき》しげければ、
わが目はひしがれ、
視る人をみる力なく、
泣いて憂ひを表さんとの
二の願ひのごとくになりぬ。
また屢泣くによりて、《愛》は
これに苦痛《いたみ》の冕《かんむり》を冠《かむ》らしむ。
かゝる思ひとわがつく大息《といき》と
心のうちにいたくなやみつ、《愛》は

そこにて憂ひのあまり氣を喪ふ。
さるはこれらの哀《かな》しむものには
わが淑女のなつかしき名やその死に關《かゝ》はる
あまたの言葉錄《しる》されてあればなり。

四〇

この苦難《なやみ》の後、丁度イエス・キリストがそのいと美しい容貌《かたち》（それをわが愛人は榮光のうちで見てゐる）の表象《しるし》として世に殘し給へる尊い御像《みすがた》を多くの人の見に行く時、幾人《いくたり》かの巡禮者がとある路を通り過ぎた。それはあのいと貴い婦人が生れ、住み、そして死んだその都の略《ほゞ》中央に當る路であつた。さて件の巡禮者は、自分の見たところでは、いたく物思はしげに歩いてゐた。それゆゑ私はかれらのことを考へながら心の中で言つた、『この巡禮者達は遠方の者と見える。定めしこの婦人の事などは噂に聞いたことさへもなく、少しも知つてゐはしまい。いや、あの人達の考は此處《こゝ》の事よりも他《ほか》の事にむいてゐる。おほかた遠く離れた、そしてわれらの知らない友達のことを考へてゐるのであらう』と。やがてまた心の中で言つた、『若し近國の者ならば、憂ひの都の眞中《まんなか》を通るとき、何かの様子で心のわづらひを現さぬ筈がない』と。やがてまた心の中でいつた、『少しの間でも引止めることが出來さへすれば、私は、誰が聞いても泣かずにをれないやうなことを言つて、あの人達を、そのまだ都から離れぬさきに泣かせるものを』と。そこで、この人々が過ぎて見えなくなつた時、私は、一のソネットを作つて心の中のこの言葉を言現さうと思ひ定めた。そしてまたそれがいよいよ哀《あはれ》に見えるため、恰もかれらに話しかけた如くにしようと思ひ定めた。そして『あゝ道者達よ』といふ次のソネットを賦した。

こゝで『道者達《ペレグリーニ》』（peregrini）といつたのは此語を廣義に用ゐたのである。抑ペレグリーニは廣狹二様の義に解することが出來る。廣義でいへば、郷國以外にをる者は誰でもペレグリーノであつて、狹義では、聖ヤコブの御堂に詣《まう》づる者か、そこから歸るものでなければペレグリーノとはいはない。そこで、知つておくべきことは、至高者參拜のため旅をする人々に三通りの正しい呼び方があるといふことである。卽ち海外に行つてそこからよく棕櫚《パルマ》（palma）をもつてくる者をパルミエーリ（palmieri）と呼び、ガーリチャの御堂にゆく者をペレグリーニと呼び（これは聖ヤコブの墓が使徒達の墓のうちで最も遠くその郷國を離れてゐるからである）、ローマにゆく者をローメー（romei）と呼ぶのである。私のいふ道者達は卽ちこのローマにゆく人々であつた。

このソネットを私は區分しない。その説話でそれが充分明瞭になつてゐるから。

〔第二十四ソネット〕

あゝ道者達よ、ともにゐぬ者の
爲にや思ひなやみてゆく人々よ、
なんぢらは、その姿にみゆるごとく、
遠き國より來れるなるか、
憂ひの都の正中《ただなか》を
過ぐれど泣かず、
さながらこれが苦しみを
つゆしらぬ人に似たり。
若し汝等聞くを願ひて止まらば、
やがて泣いてこゝを去らんと、

大息《といき》の心、げに我に告ぐ。
この都こそそのベアトリーチェを失へるなれ。
彼女に就て人のいひうる言葉には
他を泣かしむる力ぞあるなる。

四一

その後二人《ふたり》の貴婦人が使を寄せてこれらの韻語のうちの幾つかを送りくるゝやう私に求めた。そこで私は、かれらの氣高さを思つたまゝその求に應じ、その上一の新しいものを作り、それをも一緒にかれらに送つていよ〳〵ねんごろにその願ひを適《かな》へようと思ひ定めた。そして其時、わが身のありさまを敍した一のソネットを賦し、それに前のソネットと、今一《ひとつ》『來りてわが大息《といき》を』といふのを添へてかれらに送つた。さて私のそのとき賦したソネットは『いとひろくめぐる』に始まつてゐる。

この詩は五部から成つてゐる。第一部では、自分の思ひをその結果の一の名で呼んでこれが行方《ゆくへ》を言ひ、第二部では、何によつてそれが上に昇るか、即ち誰がそれを昇らせるかを言ひ、第三部では、それの見たもの、即ち天上で崇められてゐる一人《ひとり》の婦人の事を言つてゐる。また私はそれをこゝで『羇旅の靈』と呼んでゐるが、これはそれが靈に於て昇つて行き、そして鄕國以外にをる旅客の樣にそこに止まるからである。第四部では、それが見ると、彼女は世に比類《たぐひ》のないもの即ち比類のないありさまのものなので、私がそれの言ふ事をさとりえないこと、言換へれば、私の思ひが彼女のありさまを見るところまでいと高く昇つたので、私の理智がこの思ひのいふ事を會得しえない（かの哲人が「メタフィージカ」の第二卷に言つてゐるとほり、われらの理智のこれら尊い魂に於けるは、恰も弱い目の太陽に於ける如きものであるから）ことを言ひ、第五部では、この思ひが私を引きよせる（即ちそれは彼女の妙《たへ》なるありさままでである）ところでは私にさとる力がないものの、少くもこれだけは、即ちかやうな思ひが全くわが愛人に關するものであるといふことだけは、その名がしばしば私の思ひのうちに聞えるので私にわかることを言ひ、またこの第五部の末では『わが愛《め》づる女達よ』といつて、私の物言ふのは婦人達にむかつてであることがわかるやうにしてある。第二部は『泣く《愛》の』に、第三部は、『さて願ふところ』に、第四部は『その見る淑女の』に、第五部は『我唯これが』に始まつてゐる。但しこのソネットをこの上なほ細かに分ち、この上精しくわかるやうにすることも出來るであらうが、この區分で足りやうから、私はこれ以上分つことをしない。

〔第二十五ソネット〕

いとひろくめぐる天のかなたに
わが心よりいづる大息《といき》過ぎゆく。
泣く《愛》のこれに授くる
新しき智こそ絶えずこれを上にひくなれ。
さて願ふところにいたりて、
ひとりの淑女の崇められ
かつ強く光るを見、その輝きのため
羇旅の靈これに目をとむ。
その視る淑女の狀《さま》のいみじさ、傳ふれど
われ曉《さと》りえじ、告ぐるを求むる
憂ひの心に告ぐる言葉のいと幽《いう》なれば。
我唯これが屢ベアトリーチェといふを聞きて

その語るはかの貴人《あてびと》のこととしる。
されば我よく曉るなり、わが愛《め》づる女達よ。

四二

このソネットの後、一の不思議な異象が私に現れた。そしてそのうちに數々《かずく》の物を見たので、私は、この福《さいはひ》な婦人のことをこの上歌はずに、私がもつと相適《ふさは》しく彼女のことを述べうる時まで待たうと思ひ定めた。そしてそこに達するため、彼女のさだかに知つてゐる如く、私は力の限りいそしんでゐる。それゆゑ、萬物爲に生くる者の聖旨《みむね》にかなつて、私の齡《よはひ》がなほ幾年《いくとせ》か保たれるならば、私は、どの婦人についても歌はれた例《ためし》のないことを彼女について歌はうと望んでゐる。

かくして後、願ふ所は、恩寵の主にまします者の聖旨《みむね》により私の魂がこゝを去つてその愛人の榮光を見るを得ることである——世々稱《たゝ》へらるゝものの聖顏《みかほ》を榮光のうちに見てゐるあの福《さいはひ》なベアトリーチェの。

註

一

【記憶の書】 過去の思出。記憶を册子にたとへ、思ひいづることどもをその文字にたとへて。

【すくない】 あまり稚い時の事は判然と記憶に殘らないから。

【言葉】 詩とそのをり〳〵の追憶。

二

【私の心の中の…淑女】 私の心の中に今も生きてゐる（パッセリーニ）。

【榮光の】 今旣に天の榮光のうちにをる。

【現れた】 單に見えたといふのでなく、天人などのやうに出現した意であると註釋者は曰ふ。

【光の天】 太陽天。卽ち太陽が丁度一個の寶石のやうに嵌め込まれてある天。

【固有の廻轉】 年毎の運行。トロムメオ（プトレマイオス）の天文學に據つた。卽ち太陽天には二種の運行がある。一は原動（第九）天の力によつて東より西へ日毎に廻轉するもの、一は太陽そのものの力によつて西より東に向ひ回歸線內を傾斜して進み、一年の終りにいたつて元の起點に歸るもの。

【九度】 九數のこと後出。

【その呼び方を知らぬ多くの人々に（も）】 彼女の實名を知らぬ人々も多くはその姿けだかさや人に及ぼす貴い力などから推量つて、自然彼女をベアトリーチェ（福を與へる者）と呼んでゐた。ベアトリーチェといふ名は當時トスカナで甚だ多かつたといふ。

【衆星の天】 恆星（第八）天。昔の天文學では、恆星天は百年に一度の割合で西より東へ動くと見做されてゐた。それゆゑ一度の十二分の一の移動は八年四ケ月に當る。

この移動は恒星天に始まつてその下の諸天に及ぶもので、天文學では之を歳差(precessione degli equinozi)といふ。換言すれば晝夜平分時に於ける赤道と黄道との截點が年々極めてわづかづゝ黄道に沿うて東より西に移ることである。そして現今ではこれが約七十二年に一度と計算されてゐる。

【心の最奥の室】 ボッカッチョは「地獄」一の二〇の largo del cor(心の窪み、深み、奥)の註に『心臓には一部窪んだ處があつてそこにたえず血が湛ひてゐる。そして或人の説によると生命の靈が宿つてゐる。そこがいはゞ盡きざる泉であつてそこから血と熱とが脈々に普及され全身に擴がり亙るのである。この窪みこそわれらの一切の情を盛る器である』といつてゐる。

【生命の靈】 ダンテは古來の學説に從つて魂の作用を三様に見た。第一は心臓に宿る生命の靈である。

こゝに靈(spirito)といふのは官能の單なる擬人ではない。卽ち魂が肉體に及ぼす力そのものの象徴でなく、その力をとりおこなふ機關を指すのである。かゝる靈は或種の物質であつて、魂と肉體との間に介在し、前者のはたらきを助けるものと見做されてゐた(マッケンヂー)。

【知覺の靈】 第二は腦(高い室)に宿る知覺の靈である。

【自然の靈】 第三は肝臓にやどる生育の靈である。

【妨げられむ】 愛のなやみによつて身の衰弱するにいたること。

【オーメロ】 ホメロス、ギリシヤの古詩聖、「イリアス」「オヂュセイア」の作者。

【かの女は死すべき人の】 トロイア王プリアーモ(プリアモス)が其子エットレに就て言つた言葉(「イリアス」二四の二五八―九)。

【その徳】 おも影の德。
【手本】 卽ち『記憶の書』。
【大きな】 大切な。

三

【九年】 ダンテの生れたのは一二六五年の五、六月中であるから、最初の邂逅は一二七四年、最初の會釋は一二八三年である。
【優しさ】 cortesia：貴人にふさはしい德や行爲、卽ち高貴、寛容、忠實、仁惠等を綜合した意味の語。
【大きな世】 永遠の世。
【しとやかに】 virtuosamente： ベアトリーチェの態度の優雅なことを表すばかりでなく、詩人に及ぼすその會釋の力をも表してゐると註釋者はいふ。
【第九時】 午後の第三時（假に晝夜平分時とすれば現今の午後二時から三時まで）。『天文學者は時を二樣の義に解してゐる。一は晝夜を二十四時間、卽ち晝の長短に拘らずして晝を十二時間、夜を十二時間とするのである。これらの時間は晝夜の伸縮に準じ、晝か夜かに短くも長くもなる。寺院で第一鐘、第三鐘、第六鐘、第九鐘といふのは卽ちこれらの時間を指すのであつて、之を刻時(ore temporali)といふ。一は晝夜を二十四時間とするが、晝夜の伸縮に準じ、晝十五時間夜九時間のこともあり、夜十六時間晝八時間のこともある、そして之を等時（ore eguali）といふ。晝夜平分時では等時と刻時といつも同一であるが、晝と夜との均しい以上、それは當然のことに過ぎない。』（「コンヴィヴィオ」三の六）。ダンテが刻時法によつて九の數をえたことは勿論である。
【私の耳に聞えるために】 卽ち、彼女が特に私に物を言つたのは。單にその言葉を始めて聞いたといふ意ではない。

【さみしい】 悲しみの深い時と同樣喜びの大きな時にも魂は孤獨を慕ふ（パッセリーニ）。

【主】 卽ち《愛》。その恐ろしさは愛を客觀視したもの、嬉しさは之を主觀視したものであらう。愛の擬人及び擬人に依る言行等はダンテ以前の詩にも多く出てゐる。

【平安】 salute（永遠の救ひ、福）。但しダンテの時代にはこの語を saluto（會釋）の義にも用ゐたゆゑ、兩意にかけて言つたもの。

【晝のうち】 lo giorno dinanzi: 前日の意ではなく、其日、（異象の）前の意（カーシーニ、其他）。

【燃えてゐる】 卽ち愛の火に。

【食はせ】《愛》が二の心を一にしようとつとめたこと。

　心臟を食ひまたは食はせるといふ事はフランス、プロヴェンツァ（プロヴァンス）、イタリア等の中古の物語に屢出てゐる。そしてその動機にもいろ〳〵あつて、たとへば復讐のため戀人の心臟をその情人に食はしたことや、武勇を攝取するため敵將の心臟を食つたことなどが傳へられてゐる。

【涙に變つた】 後出『眞義』の條參照。

【天に向つて】 これはダンテにとつて重要な意義をもつものゆゑ錄して詩の補足としたのである。果してこれが異象としての事實であつたかどうかは疑はしい。

【夜の第四時】 午後九時と十時との間。九の數を得るためダンテは之を夜の十二時間の中始めの三時間（卽ち午後六時と九時との間）を引いた後の第一時といつてゐる。九の數に對するダンテの考は詩人自身の言葉に據るに如くはない（二九）。事實「新生」を通じて幾回となくこの數が表されてゐるが、之を以て史實說を否定するのは早計である。かゝる暗合が往々この世にあつて人に不思議の感を起さしめるのは現にわれらの知る所である。のみならず、われらはこれら九の數のうちに、ダンテが强ひて作り上げたもののあることを知らねばならない。八歲四ケ月のベアトリーチェを九歲の始めの頃といひ、夜の第四時を夜の終りの九時間の中の第一時といふ如き、殊にはベアトリーチェの死を敍するにあたり、その年月日いづれにも九の數を配するためさまぐ〵な曆を用ゐるごとき、むしろ史實說にとつて有利なものといつてよい。若し全然事實に據らない物語であるならば、かやうな苦心工夫を費さずとも望みの數を自由に得らるゝ譯であるから。

【詩人】 trovatori：元來プロヴェンツァ語で詩作する人達（十一―三世紀）を指すのであるが、後にはその流を汲んでイタリア語の抒情詩を作る人々（十三世紀）をもこの名のうちに含めた。こゝでは後者を指す。

【聞かせよう】 詩の贈答は夙くから社交的なプロヴェンツァ詩人の間に行はれてゐた。主として戀愛の問題に就て意見を交換したものでこれを tenso（論爭の義）といつた。イタリアの tenzone は卽ちこの例に倣つた論爭の詩であつて、ダンテの第一ソネットもまたこの種類に屬してゐる。

【ソネット】 sonetto：十四行の詩。これを四、四、三、三、に分けたのはオックスフォード版によつたのである（學會本では八、六）。

【從者】《愛》を主としてこれに仕へる人人。卽ち戀する人々。

【思ひ】 parvente（意見）。卽ち夢の判斷。

【戀ふる】 presa（=presa d'amore）：と

らはれた(愛に)。

【三の一】 夜の十二時間の三分の一。

【多くの人】 註釋者は曰ふ、この答の中現存してゐるものはたゞ三、卽ち下記カヴァルカンチの答の外、ダンテ・ダ・マイアーノとチーノ・ダ・ピストイア(一說ではテリーノ・ダ・カステルヒオレンチーノ)との答であると。

【第一の人】 グィード・カヴァルカンチ。メッセル・カヴァルカンテ(地獄篇、一〇の五二—四竝註參照)の子。生れた年は明かでないが、彼はダンテよりもかなり年上であつた。一三〇〇年六月(卽ちダンテ「プリオレ」の時)政爭の禍を受けてサルツァーナに幽せられ、病を獲て歸り、同年八月フィレンツェで死んだ。斯く彼の生涯は不幸に終つたものの、一時はフィレンツェの政治に參與して侮り難い勢力を示してゐた。かれはまた詩を善くし、十三世紀に於けるイタリア俗語詩人中第一流のうちに數へられてゐる。

【思ふに汝は】 グィードは當時の慣習に從つて和韻した。その賦に曰、

思ふに汝は凡ての尊きものを見たり、
すべての悅び、人知る限りの福《さいはひ》を、
若し譽の世をし治むる
かの強き主に汝仕へしならんには。
かれは苦患《なやみ》の死ぬるところに生き、
慈悲の心に正義をたもつ。
眠りによりてかれおだやかに人を訪《とぶら》ひ、
いたみなくしてその心を奪ふ。
汝の心をうばへるは、死が汝の淑女を
求むるを見しによりてなり。
かれ是を恐れてこの心を食《くら》はしむ。
その嘆きて去るとみえしは、
美《い》しき眠り、仇の來りて勝つにあひて、
覺むる時いたりたればなり。

【眞義】《愛》がベアトリーチェを抱きつゝ泣いて去つたのは愛人の夭死を示してゐ

る。それゆゑこの詩はいはゞダンテの愛史の縮圖である。しかしかれの愛人の早世をこの詩によつて豫知しうるものは一人もなかつた。恐らくダンテ自身も其當時はさやうに考へなかつたであらう。またグィードの答には『死が汝の淑女を求む』とあるが、この一句はかう讀むにせよ『汝の淑女が死を求む』と讀むにせよ、最後の一行（ダンテの詩の）と關係なく、心を食はなければ淑女は死ぬるといふ意味に、言換へればダンテの愛情をベアトリーチェの生命と見たものと解することが出來るのである。

【今では】ベアトリーチェの夭死を自然に知つてゐる人はもとより、さらぬ人も散文の記事によつて（『天に向つて』の一句によつても）容易にさとりうるのであるから。

四

【自然の靈】前出（二）

【理性の勸め】『理性の忠實な勸めを聞く必要ある物事に於ては、かゝる勸めを省みずに私を支配することをば一度も《愛》に許さなかつた』（二）。

五

【榮光の女王】聖母マリヤ。

【讃美】原、『言葉』。マリヤに對する讃美祈禱の歌。

【ところ】寺院。

【私の福祉】ベアトリーチェ

【某】人々は名を呼んだのであるが、ダンテは女の名を明すまいとの考から唯某といつた（パッセリーニ）。

【眞のための護】schermo de la veritade：愛のまことの對象がベアトリーチェであることを人に隱して知らさぬ方便。

まことの愛を祕するため、他の婦人を愛すと見せ、若しくはこれに讚辭を捧げることは、プロヴェンツァやその他の詩人達に多く例のあることとゆゑ、ダンテもそれに倣つたのであらう。勿論これを以てこの記事を事實でないと判斷することは出來ぬが、その一方、これは後日の考方、卽ちベアトリーチェの愛を中心とした「新生」編成時代の考方であつて、その當時は實際多少の愛情をこの婦人や第二の護となつた婦人などに捧げてゐたものと見ることが出來やう。

【彼女の讚美】　ベアトリーチェの讚美。護の女に寄せつゝもまことの愛を稱へた詩（第七章のソネット）。

六

【私にとつて】　quanto da la mia parte：ベアトリーチェにとつての愛でなく、衆人の見た愛でもない（人々は護の女をダンテのまことの愛人と信じてゐるから）、たゞ詩人自身にとつての深い愛であるといふ意（パッセリーニ）。

【いと貴い婦人】　ベアトリーチェ。

【至高の主】　神。

【都】　フィレンツェ。「新生」のうちでダンテは一度もフィレンツェの名をいはない。

【六十人】

ダンテが六十の數を選んだことに就てスケリルロは「アルクーニ・カピートリ」のうちに文獻上の參考資料を擧げ、就中「ソロモンの雅歌」六の八の『后六十人』云々などが詩人の想像に訴へたものであらうと言つてゐる。

【セルヴェンテセ】　serventese（prov. sirventes）：詩の一種。主としてプロヴェンツァ（プロヴァンス）詩人の間に行はれ、後イタリアに移されたもの。

プロヴェンツァのセルヴェンテセには一定の詩形なく、主題によつてカンツォネと區別した。そしてその主題は宗敎、政治、道德等に亙り、戀愛を除外してゐた。隨つて褒貶の詩が多い。之に反し、イタリアのセルヴェンテセは單に詩形によつてカンツォネと區別し詩材を顧みなかつた。スケリルロはいふ、『十三世紀の末から十五世紀の半迄はセルヴェンテセといへばとりもなほさず、短い節から成つてゐて其各節に十一音句が三(同韻)、五音若しくは七音句が一あり、此一句と次の一節の始めの三句とが同韻である(AAAb. BBBc. C…)詩を指したのである。ダンテのこゝにいふセルヴェンテセの形とは卽ちこれをいつたのであらう』と。

ダンテのこのセルヴェンテセに就ては他に何等傳はるところがないので、事の眞僞をさへ疑ふ者がある。

【錄すまい】美女六十人の名を連ねることは卑俗に墮し易く、且「新生」全體の調和を破る恐れある故、この詩を載せなかつたのであらう。

【九の外】詩成つて後、ベアトリーチェの名が偶然にも第九番目に當つてゐたことを知つたが(第一に擧げないのは祕密を守るため)、韻律や押韻に拘束せられて順序を變へることが出來なかつた。

七

【自分の思ひ】ベアトリーチェに對していだく眞の愛。

【或言葉】『げにわが』以下の六行。詩全體からいへばこの一節は護の女に對する愛の悅びの敍述であるが、實際はベアトリーチェの愛を歌つたもの。

【次のソネット】この詩と第四ソネット(八)とは普通のソネットより六行多い。これをソネット・ドッピオ(sonetto doppi-

〇）といふ。オックスフォード版では六、六、四、四、に學會本では一二、八に分けられてゐる。

【鑰】 苦しみの戸を開く者。

【樂しみ】 baldanza：悦びから來る强さ。

【いふ】 詩に賦して。

【貧しく】 寶に對して言ふ。力なくやるせなきことと。

【エレミヤ】 ヘブルの預言者。舊約聖書にその預言書と哀歌とがある。

【あゝ汝等】 「哀歌」一の一二（但しヴルガータによる）。

【終りの部分】 『今やわれ』から末まで。第二部の始めはその實ベアトリーチェに關しての事であるのに、終りは護の女の都を去つたのを嘆いたのであるから、主旨が同一でないとの意。

八

【諸天使の主】 神。

【終りの方】 後の詩の終りの二行（註參照）。

【是に】 二婦人の一處にをるのを見たことに。

【《愛》泣けば】 主たる《愛》が自ら泣くのであるから。

【譽とともに】 sovra de l'onore（譽に加へて）。婦人にとつては他の一切の德とともに大切なもの、卽ち美とか若さとか。この句は稱へにかゝつて滅ぼすにかゝらない。

【眞の形】 いたましい一座の光景に照らし、肉體そのまゝの姿で歎く《愛》をば想像の目で見たのであらう。

【美しき】 gaia：美しく且樂しき（スケリルロ）。

【賤しき《死》】 この詩も第七章の詩と同じくソネット・ドッピオである。但し押韻の法は同じでない。

死に呼びかけたり、死を責めたりすることはダンテ以前の詩にその例が甚だ多い。

【憂ひの老母】 昔より今に至るまで死は人の嘆きのもと。

【あらがひがたき】《死》の宣告に對しては何人も抗爭しえない。

【なやみの】 原、『わが思ひなやむ』。はや憂ひを知れる心に、新なる憂ひのもとを。

【好より】 世の人々に死を厭はせ、惡ませることを。

【こは人の】 死の罪業は世間周知のことであるが、今殊更にこれを言ふのは、今後すべて《愛》に奉仕する人々に、この罪業に對して怒を起させようと思ふからである。

【女の德とし尊まるべきもの】 卽ち一切の女德。

【滅ぼせり】 死は雅びと德とを地より取去るも、之を滅ぼすことは出來ない。死の滅ぼすものは肉體に屬するもののみである。

【人知る性】 よく人に知られてゐる彼女の特質、卽ち雅び、德、若さ、美しさ等。

【救ひを受くるに】 彼女は今旣に天にあるゆゑ、救はれて天に昇りうる人でなければこの後彼女と親しむことができない。

マッケンジーの說の如く、この詩を作つた當時ダンテは單に前記の意味をこの二行で言表したのであるが、その後ベアトリーチェを之に結びつける必要上、「かの婦人と生前に付合つたベアトリーチェは同じく救ひを受くべき者であるから、その死後も天上で彼女と相會ふことができる」といふ意を含めたものらしい。そして散文で『終りの方で私がいくらか是に言及ぼしてゐる』と言つたのは卽ちこれを指すのであらう。

【分明】 ベアトリーチェの事と。

九

【ある出來事】 何の爲の、また幾日間の旅であつたか明瞭でない。

或人は一行の人數の多かつたことや騎馬で出かけたことなどから推量つてこれを軍事に關した旅と見てゐる。この說は、ダンテの傳記の詳細に傳はつてゐないことと、「新生」中の多くの出來事の年月が正確に知り得ないことにより、立證し難いと同時にまた否定し難い說である。但し軍《いくさ》の旅とすれば、一二八五、六年頃に於けるフィレンツェ軍出征（シエーナを援けてアレッツォと戰つた）の時の事であつて、カムパルヂーノの戰（地獄篇、二二の四―九註參照）に關したものではないであらう。「新生」第三章の一二八三年から同第五章の幾年月を經て一二八九年卽ちカムパルヂーノ戰役の年に至つたものと見られない理由はないが、この出來事が第三章とそれほどかけ離れてゐて第二二章のベアトリーチェの父の死とそれほど近いとは信ぜられないから。

【福祉】 ベアトリーチェ。

【いとうるはしい主】 《愛》。

【旅人】 一の愛から他の愛に移つてゆくことを表すので、その愛は淺い變り易いものであるから、隨つて衣も粗末であり且輕いと解する人がある。

【川】 註釋者の言ふ如く、アルノを指すのであらう。《愛》はダンテの心の反映であるから、アルノ川を見てその流れる都フィレンツェに住む戀人に屢思ひを寄せた意を寓してゐる（但し定めない世の有樣を行く水にたとへたものと見る說もある）。

【とはいへ】 以下の《愛》の言葉はソネットに出てゐない。川のことも同樣である。もともとベアトリーチェに關係のない詩をベアトリーチェ中心の「新生」に編入するためこゝでも散文に多少の修飾を加へたものと見ることが出來やう。

【語る】 詩などで。

【《愛》がおほかた】 原、『《愛》が已を私に與へると見えた部分の甚だ大きかつたため』。《愛》が私の身にはいつて私を支配し、私を愛の火で燃やしたので。客に見た愛が主となつたので。

【主權】 戀する者に主たる權。詩作の當時は一婦人に對する戀愛破綻の悲しみを《愛》の物思はしい姿で表したのかもしれない。

【喜び】 喜ばすもの、卽ち美しい婦人。

【祕密】 二人の婦人への愛は、眞の愛をかくす爲の方便に過ぎないこと。

一〇

【大息の道】 『幾度か大息をつきつゝ馬を進めた』(九)。

【私のうちでどのやうに】 或は『その力(若しくは德)によつて私のうちにどのやうな働きをしたかを』。

一一

【會釋】 ベアトリーチェの會釋の力をダンテは三に分けて敍してゐる、(一)その姿の見えるとき、會釋に接する希望のため、慈愛と平和とがダンテの心に滿つること、(二)會釋しようとするとき、ダンテの心の動搖から、いはゞその視力の妨げられること、(三)會釋の刹那、その力に堪へずして自失すること(カーシーニ)。

【穩かな】 vestito d'umiltade (d'umiltà): 平穩を着た。『新詩派の人々は屢 umiltade (umiltà) をその普通の意味(謙遜)と全く同じではないがそれに由來した意味卽ち心の晴やかに靜かなこと、慾情や激情の存在せぬこと、感情の麗しく穩かなことなどの義に用ゐてゐる』(メロヂア)。「新生」ではこの語をその普通の意味に用ゐた場合も少くない。

【愛の一の靈は】 換言すれば、愛情が諸官能の作用を滅ぼし、視力を目より逐出すこと。

【(女)主】 ベアトリーチェ。

【《愛》を知らうと】 《愛》自ら目にとゞまつてゐるゆゑ、その目の輝くさまを見て《愛》の何たるやを知ることが出來る。

【《愛》は】 會釋からくる法悦はダンテの力の及ばぬほど大きいものであるのに、《愛》はベアトリーチェとダンテとの間に立つて斯る悦びを蔽ひつゝその作用《はたらき》を和ぐることもせず。

三

【私の福祉】 福祉の源なるベアトリーチェの會釋。

【慈愛の淑女】 聖母マリヤ。

【鞭うたれて泣く】 スケリルロの引用してゐるペトラルカの詩句に、『我は美しき目の攻むるを恐れ、これを避くること笞《しもと》をさくる稚兒《をさなご》のごとし』。

【純白の】 『さきに粗末な着物を着てゐた《愛》が今白衣で現れたのは、ダンテを眞實の愛に向けようとするその勸めの純なことを、いはゞ表してゐるのである』(カーシーニ)。

【わが子よ】 《愛》の詞。今は人目を裝ふ愛を棄てゝ眞實の愛を現すべき時である。

【われらの】 《愛》自らも勸めたのであるから斯く(メロヂア)。

【前にも度々】 多分『わが子』と呼んだ事をいふのであらう、「新生」ではこゝより外に錄されてゐないが。

【諸德の主】 原、『尊きことの主』。

【我は圓の中心の】 ダンテ自身の言ふごと

くその意甚だ幽かであつて捕捉し難い。若し強ひて求むれば私はパローヂ(パッセリーニの引用による)のむしろ單純な解釋の一部分をとりいれて次のやうにいはう、「己は圓の中心であつて愛人達は圓周である。己はその人々に一樣の注意を拂ひ、かつその幸福を願はなければならない。汝《おまへ》は一個人であるから己とちがつて汝の愛を多方面に亙らすこと、言換へれば多くの婦人に注ぐ事が出來ない。愛する者愛すべき者が唯一人であることから其婦人との關係の變化などにつれてさまざまの憂ひも惱みも生じてくる。それゆゑ己は個人とし、また人間としての汝の苦しみを思つて涙を注ぐのである」。

【迷惑の敵】 人に迷惑をかけることを惡む者。

【汝が迷惑をかける】 おまへが實際人に迷惑をかけるやうな者でありはせぬかとの懸念から(スケリルロ)。

【祕密】 僞の愛。

【瞞されてゐる】 僞の愛を眞の愛と思ひ誤つて惡しざまにいひふらす人々の言葉にどれだけの價値があるかを覺る。

【件の言葉】 韻語。

【節らせる】 その道の人に節附《ふしづけ》してもらふこと。當時は戀歌に節をつけて歌ふのが例であつた。

【晝の第九時】 午後の第三時。

【バルラータ】 詩の一種。もとは踊の歌であつてトロヴァトレ(トルバドゥール)詩人の作品に由來してゐる。ダンテの小曲集「リーメ」のうちにはバルラータと稱せられるものがこの外にも數篇ある。

【辯疏】 歌で辯明することはトロヴァトレ(トルバドゥール)詩人達のうちにその例があつて、かれらは之を escondig といつた。

【わが主】《愛》。
【汝いと】 おん身には淑徳があるから、單獨で旅をしても虐げられることはない。
【耻ぢしめ】 ベアトリーチェがこの歌を歡び迎へず、その言葉に耳を貸さぬこと。
【我をこゝに遣はす者】 ダンテ。
【その心の移れる】 ダンテの心が變つたのではないから、かれが目を他の婦人にむけたのは眞の愛を隱す僞の方便に過ぎないことがわかるであらう。
【汝に仕へしむ】 汝を愛せしむ。
【一切の慈悲の鑰】 心の戸を開いて愍みの情を起させる者卽ち《愛》。
【その麗しき】 はれ〴〵としたベアトリーチェの顏によつて、その心の解け和いだことをダンテに知らせる意。
【譽を汝の受くべき】 君が最も良い機會と思ふ時をえらんで。成功すべき望みのあるをりを見定めて。

【二人稱での】 自作の詩に向つて、それが恰も他人である如く話しかけたこと。
【個處】 第二五章。

一三

【《愛》の言へと】《愛》の命ずるまゝにバルラータを賦し終つたとき。
【名は物の果也】 *Nomina sunt consequentia rerum.*
古來の學者がその知識を傾注したにも拘らず、この句の正確な出處は知れない。但し同じ意味を類似の句で言現したものはある。
【名は名づけられたものに】 名は實の賓たること。
【その心を動かさない】 それゆゑその心が和いでダンテに對する態度の改まるのを見ることは容易でない。
【皆相和する處】 四《よう》の考の一致する點。

【《慈悲》に訴へて】 意は、ベアトリーチェの心に愍みの情を起させること。

【敵意をいだく】 ダンテに對しては《慈悲》その者が敵であつて、詩人の祈に耳を貸さないから。

【次のソネット】 カーシーニは前章のバルラータを「新生」中の歌屑であらうといひ、このソネットを駄作の一であると許してゐる。

【望みによりて】 原、『望みつゝ』。いつかベアトリーチェの心の和ぐべき望み。

但し詩作の當時は或は、愛の報いらるべき希望を指したものかも知れない。

【恐れ】 敵に身を委ねる不安。

【震ひ】 わが思ひがみな震ひつゝ。

【いづれをとりて】 この四の考のうち、どれを題材として詩作すべきか。

【蔑視んだ】 愛人に對して用ゐる言葉を敵に對して用ゐるのは反語として侮蔑を表すのであるとの意。

一四

【いと貴い婦人】 既出のごとくベアトリーチェを指す。ダンテは他の婦人のことを單に『貴い婦人』といつてゐる。

【友人】 誰のことかわからない。

【一人の友】 卽ちダンテ。四一頁末行のダンテの言葉參照。

【仕へ】 敬意を表すること。二九頁初行、三五頁七行の仕へ。(愛す)とは別義。

【一人の貴婦人】 誰のことかわからない。

【都の習俗】 フィレンツェの風習。

パッセリーニの摘載してゐる「婚禮葬儀條例」に據ると、當時フィレンツェの婚禮には出席する婦人の總數が二十五人を超えないこと(卽ち女客、新婦側から十人、新郞側から十四人。但し一三五五年には減じて男側十人、女側六人となつた)、また凡て招待を受けた者は騎士なれば四人の仲間《なかま》を、法官か醫師なれば二人の仲間を連れて行くことが出來るし、さもない人はたゞ一人しか連れてゆかれないことになつてゐた。

【胸の左】 心臟のあるところとして(浄火篇、一〇の四八參照)。

【ひそかに】 卽ちこの不意のそして劇しい胸さわぎを人に氣付かれぬやうに。

【繪】 こゝでは客間の四方の壁畫。それを總括して一の繪と言つたもの。

【その機關を】 目を。僅に生殘つてベアトリーチェを見ようとする目の作用さへ、感情の異常な昂奮のために妨げられてその目的を達することが出來なかつた。

【前の私でなかつた】 原、『前とちがつてゐた』。諸機關みなその作用を失ひ、目さへ正しく物を見難い狀態となり、隨つて姿形ももとの儘ではなかつたものの。

【この者】 《愛》。

【私達の同僚】 他の視覺の靈、卽ち他人の目。

【嘲つた】 si gabbavano (からかつた)。或は單に惡意のない笑ひ方をしたといふ意に見る人もある。そはともかくベアトリーチェに他意があつたとは思はれない。場合が場合ゆゑ妙に感じて思はず冗談を言つた位のことであらう。

愛人の嘲り、これはダンテ以前の詩人達の作品中にも間々見える。但し比較の場合には、兩者の爲人やその特殊の境遇などをも考慮しなければならない。ダンテの敍述はその骨子までも純然たる先人の模倣であると見做すことが出來ようか。若しベアトリーチェの態度の變化を茲に點出する必要があるならば、危險な嘲笑によらずとも之に應ずる方法が必ず他にあつたであらう。私はムーアの如く這般の記述はむしろ「新生」の史實説に一の重要な資料を提供するものと考へてゐる。

【逐はれた】 視覺の靈達も目に歸つたので。

【若しこの婦人が】 カーシーニの引用してゐるチーノの一ソネットの始めに、

わが歎息《ためいき》出づるとき、
その憂《う》き聲を聞かば、
汝は嘲らじ、汝の前にて
變るわが姿顏色を。

【其人に】 altrui（他の人に）。誰と言はずにベアトリーチェを指す。

【常の如くに】 慈悲哀憐には、戀する者の願ひを容れずこれに耳を傾けぬ習ひがあるから。そしてとりわけダンテにとつては慈悲がその敵であるから。

【苦しむ者】 卽ち視覺の靈達。

【無益か蛇足か】 前者は言うてもわからず、後者は言はなくてもわかるから。

一五

【謙遜な】 前の強い考に對して。

【それに抗敵《はむか》つて】 彼女を見させまいとする凡ての考、卽ちこし方の苦しい思出など。

【非難】 前の強い考の。

【悦び】 わが愛人。

【記憶に浮ぶもの】 こし方の苦患《なやみ》の思出など、すべて彼女を見ようといふ願ひに反抗して起りうべき考。

【面は心の】 心の亂れの顏に現れて色蒼白となること。

【その凭る丶】 註釋者多くはこの句を比喩的に見て、救ひを何物にも求むる意に解してゐるが、私は異説に、心は心をもつ人であつて、か丶る心をもつ人は倒れぬ爲身を何物にもたせる意（メロヂア）とあるのを採る。

これはさらにダンテらしい表現であると同時にまたその次の二行との關係を一層明瞭にするものと思ふ。婚莚の席上ダンテが身を壁畫にもたせたことなどは、これと連絡があるらしい。

【戰慄の醉】 酒に醉へる時の如く身の震ふこと。

【石叫ぶ】 非情の石（複數、身をもたせるその建物の）さへ、これに倚りかゝると、ゆるぎ出て自分を壓殺しようとする如く感ずる。

【死をねがふ】 むしろ泣きつぶれよと希ふ。

【死にしまなざし】 見る力もない目の色。哀な姿全體を代表して。

【同じ行爲】 嘲ること。同情を寄せうべき人々も彼女に倣つてダンテを嘲る意。

一六

【この婦人のことを語つてゐるその一の考】 即ちこの婦人に就ての考。此項ベアトリーチェを思ふその思ひがいつも變らずに心に殘ることをあらはす。

【負はす】 原、『與ふる』。愛のため身にふりかゝる悲慘な狀態、即ち自失、蒼白、戰慄等。

【癒さるゝ】 ベアトリーチェを見たならば、失つた力を恢復することが出來ると信じて。

【わが心に】 戰慄が心臟から發して脈々に及び、生命の力を逐ひやること。魂身にそはぬこと。

一七

【物言はぬ】 直接彼女に宛てた詩を作らぬ。

【以前の】 これまでの詩十篇の題材。これよりもけだかい詩材とはベアトリーチェの讃美のこと。

一八

【祕密】 ベアトリーチェに對する愛。

【或日】 原文にはない。

【敗北】 軍事上の用語（一六の「打敗つた」參照）第一四の記事はこの敗北の一例である。

【命運に導かれたやうに】 偶然。

【その一人】 集まつてゐた婦人の一人。

【恐らく御身等の】 ダンテはこの婦人たちがベアトリーチェを指していふのであると知つてゐた。然るに殊更かやうな言ひ方をしたのは、たとひ祕密が顯れたにせよ、自分の言葉によつてそれを證明すまいと思つたからである。

【失ふ恐れの無いもの】 下出『わが愛人を稱へる言葉』。ダンテの愛の精神化して來たことを示すもの。

【しか言ひ】 御身の言ひ給ふ如く、御身の幸福が戀人を讃美する言葉のうちにあるならば、御身がさきに作り給へるあの幾篇の詩はあれとは違つた趣意で作らるべきものであつたと思ふ（換言すれば、戀人の讃美を旨として作られたであらうから、あのやうに哀調のみを帶びはしなかつた筈と思ふ）。

一九

【河】 rivo：昔は fiume と同意義に用ゐた例が多いといふから、こゝでも或は第九に見える河（fiume）を指すのかも知れない。しかしムニオネやその他の小さな川が幾條もフィレンツェの町はづれ及びその附近を流れてゐるゆゑ、必ずしも二者を同一視する必要はないのである。

【第二人稱で】 ベアトリーチェに對する感情の變化につれて詩形の變化を必要と認めたのであらう。

【私の舌は】 發端の一句が殆ど無意識のうちに胸に浮んだこと。

【カンツォネ】 canzone：抒情詩の一種。ダンテはカンツォネのことを「エーロクェンチァー」第二巻中の諸處で說いてゐる。

【愛を知る淑女達よ】 以下のカンツォネの一部が千二百九十二年のボローニアの一寫本に載つてゐるのを見ても、この詩がごく早くからトスカナ以外でさへよく知られてゐたことがわかると註釋者は言つてゐる。『愛を知る』とは、ともに愛を語りうべき、換言すれば、雅心《みやびごゝろ》のあるといふ意。

【《愛》いとうるはしく】 愛のうるはしさが身にしむ。

【恐れのためにひるむ】 彼女の徳にふさはしいほど調《しらべ》高く歌ふには、自信や勇氣が必要であるのに自分にはそれがない。で、力及ばぬ恐れより心臆して言葉も絶えるにいたらぬため、たゞその貴いありさまを平易な調で歌ひ出でよう。

【ふさはしからねど】 原、『彼女（の貴さ）に比べては』。

【他人】 卽ち『女といふだけ』に過ぎない人達。

【天使】 天使の階級にあるもの、卽ち諸天使（カーシーニ）。

或は、『一天使』（諸天使を代表して）。

【聖智のうちによばゝり】 clama in divino intelletto：意義不明の句である。恐らく神に訴へてといふ意に過ぎまい。

ヴィッテは、『天使が神以外にあつて神と語るといふことは、あまりに人間的な考へ方であるゆゑ、ダンテは神がその靈のうちに天使の言葉を聞き給ふこととしたのである』といひ、バルビも、『天使の祈は言葉に現れずともよく神意に映ずる』意であると見てゐるが、この說はむしろ理に偏して劇的効果を減ずるものと思はれる。

【驚異のはたらく】 原、『作用に於ける驚異』。作用とは能力の實現をいふ。ベアトリーチェの魂の不思議な力がその働きをあらはすこと。

【この魂のほか】 以下の三行をも天使の詞と見る説がある。

【天】 諸天使。ベアトリーチェをその仲間《なかま》に加へようとの願ひあるほかには何の不足もない。

【われらに與する】 われら世上の人の爲に、諸天使諸聖徒の願ひを却けて、ベアトリーチェの魂をなほ地上にとゞまらしむるものはたゞ神の慈悲のみ。

【わが淑女のことを思ひて】 che di madonna intende：わが淑女のことを言はんとの思召より。一説に、『わが淑女の事とさとり給ひて』。

【暫く】 原、『今は安らかに』。

【汝等の望み】 諸天使諸聖徒の願ひの目的、卽ち淑女。

【地獄にて】（今とのちとは譯文の補足）。墮地獄の罪人さへ、この世にあつては彼女の死せんことを恐れ、死後は同じ運命にある人々に對してベアトリーチェを世に見たことを唯一の誇りとするほど、彼女は世人にとつて大切な者であるから、暫く時を待つがよい。

【あゝ罪人等よ】 O malnati（あゝ生得の幸《さち》なき者等よ）。

ムーアには a malnati とある。これに從へばこの一句は『地獄にて罪人等に、我は』云々となるのであるが、バルビは寫本の比較の上からこれを排してゐる。但し malnati といふ語は同じ受刑者に呼びかける語としてやゝ不穩當の嫌ひがある。地獄廻りのをりのダンテさへこの語で罪人に呼びかけた例がない。これに就てバルビは、『この語に必ずしも罪人を難ずる意味はない。むしろ同囚に對する同情ともいふべきものが含まれてゐる。「あゝ憐れな者よ、君達は僕と同樣に不幸である、否僕以上である。受福者の望みを見たといふ慰めさへないのであるから』」といひ、スケリルロもこの說を是認してゐる。私はこれに對して多少の疑ひをもつものであるが、若しこの本文をよいとすればかゝる解說に從ふの外はないであらう。

【見ぬ】 己には斯く世に稀な貴婦人を見たといふせめてもの慰めがある。

【いざわれ】 以下他人に及ぼす彼女の德の力を擧げてゐる、一、彼女に近づくもの、二、彼女を見るもの、三、見て充分にその力を受入れるもの、四、彼女と語るもの。

【死なむ】 自ら光明の門を閉づるによつて靈的に死滅すること。

【德を證す】 彼女の德の力を體驗すること。

【神は】 スケリルロの引用にかゝるチーノの句に、

いかで人たる者より汝の如く
美しき姿世に生れしや、
汝われをしてあやしましむ。
我は汝の美を見ていふ、
これ人にあらず、天より
神の遣はしゝ者、げに妙《たへ》なる哉。

【度を越えじ】 病的な蒼白となるにいたらぬこと。

【是と比べみて】 彼女は美の典型、『いはば美の試金石』(パッセリーニ)である。

【愛の靈達これより】 彼女を見るもの愛に燃ゆ。

この種の表現はイタリアの古詩に例が多い。註釋者の引用句の一を擧げると、カヴァルカンチのバルラータに、

わが淑女の目には、愛の
靈達の滿ちみつる光ありて
奇《く》しき悦びを心におくる。

【いでたちて】 この詩が公にせられて多くの貴婦人に讀まれること。

【汝をはぐゝみて】 汝カンツォネを作りあげて。

【我はわが】 われカンツォネの行くべきところは、わが讚美してゐる（その讚美の言葉で我自ら飾られてゐるのであるが）女の許である。

【女達や男】 ムーアでは女も男と同じく單數になつてゐるが、ダンテは散文で貴婦人のことだけ言つてゐるから多分こゝでも女を複數としてその方に重きをおいたのであらう。

【かしこに】 ベアトリーチェの許に。

【かれに】 卽ち《愛》に。《愛》がダンテのためベアトリーチェと語るのであるから。

【侍女】 補足。

【愛の始め】 詩にあるとほり、愛の靈が目から出て『彼女を視る者の目を射、貫いてみなその心に達す』ること。

【口のこと】 詩を讀んだだけでは何人も口と解すまい。それゆゑこゝでも詩と散文（區分）との間に多少の逕庭のあることは爭はれない。但し會釋の力については第二一のソネットに、

會釋すればその人、心をどらし、
頭を低れ、色を失ひ

とあるから、決して矛盾はないのである。

【疑ひ】 原、『考』。接吻の意かといふ疑ひ。

【さきに錄されて】 一〇『私にその』云々、一一『私の福祉が』云々、一八『淑女達

よ』云々　参照。

【それを(聞く)】　この區分(複數)を。

【由ない人々にも】　原、『あまり多くの者に』。

二〇

【或友人】　誰であるかわからない。

【聞いた言葉】　前掲のカンツォネ。

【敍述】　こゝでは件のカンツォネのこと。

【《愛》のことを】
　愛とは何ぞといふ問題はダンテ以前の詩人達が屢取扱つた問題である。しかし概していふと、言現し方のそれ〲異つてゐたに拘らず、その解釋に於てはとりわけ新しいものもなく、たゞ愛とは愛する者を見るによつて魂の中に生ずる一欲求であるといふ位の處に止まつてゐた。これを固く心と結びつけ、愛と優雅な心とは離すことの出來ぬもの、斯る心には本來既に愛が宿つてゐるといふことを明かにしたのはボローニアの詩人、所謂清新詩派の先驅グィード・グィニツェルリである。尤もグィニツェルリ以前にも類似の思想があるにはあつたといふが、かれの如く直截明確にこれを表現したものはない。かれが愛の性質を論じたカンツォネの第一節に曰ふ、

《愛》は常に雅心《みやびごゝろ》に宿りを求む、
　さながら鳥の綠の森に赴く如し。
自然は雅心よりさきに《愛》を造らず。
《愛》よりさきに雅心を造らざりき。

さてダンテがグィニツェルリの詩にもとづいてこの章のソネットを賦したことは詩中の言葉によつても殆ど明白である。然してわれらの此詩に興味を感ずる點は、ベアトリーチェに對する愛の性質がいちじるしく變化した其當時のダンテの戀愛觀(たとひそれが全然かれの獨創で

あるといへぬにせよ）をこゝに見出すことと、ダンテ對ボローニア詩人との關係についてである。表現の巧みであること以外、詩本來の性質から見てこのソネットに大した價値はない。

【聖】 saggio（智者）。卽ち詩人。こゝでは前記グィード・グィニツェルリを指す。グィニツェルリの事蹟は傳はらない。その生死の年さへ不明である（一三〇〇年以前に死んだことは「神曲」によつて明かであるが）。但し現存してゐるかれの少數の詩のうちで、前記のカンツォネは一般にその最大傑作と認められてゐる。ダンテが「神曲」で、かれを『わが父』（淨火篇二六の九七―八）と呼んでゐるのを見てもかれのこのボローニア詩人に對する深い敬慕の情を知る事ができるのである。グィードの鄕里ボローニアは當時旣に著名な大學の所在地であつたから、彼もその哲學的雰圍氣のうちに思索し、その結果かゝるすぐれたカンツォネをものするにいたつたのであらう。

【これなくして】 雅心なくして《愛》の存在しえないことは、合理的な魂が理性なくして存在しえないと同じ。

【自然は】 自然はその愛する情の動くとき、《愛》と雅心とを造り、《愛》を心の主とし、心を《愛》の宿りとす。

【眠りてやすらひ】 《愛》は心の中に潛みゐて、その眠りの醒まさるゝとき卽ち作用を起してその力を外部に現すにいたる時を待つ。

【美はやがて】 時至れば美にして賢なる女が現れ。

【かれ】 《愛》。

【能力】 こゝでは心の中に潛んでゐる愛の力。

【作用】 こゝでは流動して外部に向ふ愛の

はたらき。
【主體】 こゝでは能力の宿るところ。
【形式】 forma. 物質（materia）は不定の存在に過ぎない。この物質に一定の存在を保たしめ、物をしてよく其物たらしめるのは卽ち形式である。こゝでは形式を《愛》に比し、物質を雅心に比してゐる。

二

【韻文】 rima（韻）。こゝでは第十ソネット。
韻を狹義卽ち聲音の和合と廣義卽ち詩賦との兩義に用ゐること漢詩の場合に同じ。
【存在しない處】 貴からぬ心をも貴くしてそのうちに《愛》を宿らしめること（區分參照）。
【頭を低れ、色を失ひ】 その強い力に打たれて。
【己が玷缺のために】 十善の淑女なるベアトリーチェに對してわが及ばざるを感じ、恥ぢて歎息すること。
【傲慢も忿怒も】 彼女の前にある時は高ぶる者も謙り、怒る者もよく人を赦すにいたる。
【淑女達よ】 わが言葉の及ばないのを感じて他人の助を求むる句。
【はじめて】 彼女と親交ある者でなくとも、一度彼女を見その聲を聞くだけで。
【讚めらる】 彼女の感化の力によつて貴い者となり、世人の賞讚を受くるにいたる。
【奇蹟】 ベアトリーチェ自身を奇蹟と言つた例は他にもあるが、こゝではカーシーニのいふ如く、彼女のほゝゑむさまを指すのであらう。
【前部や後部のため】 前部後部の讚辭を補ふため。

三

【生んだ人】　ボッカッチョの説に從へばフィレンツェの富豪フォルコ・ポルチナーリ。このフォルコはフィレンツェ「ギベルリニ」黨の舊家ポルチナーリの出で名望の高い人であつた。一二八二年を始めとしてその後二度までもプリオレとなり、同八八年にはサンタ・マリヤ・ヌオヴァといふ慈善病院を建設し、同八九年の十二月三十一日に歿し、そして公費で葬られた。その最後の納骨所は件の病院の禮拜堂である。妻はチーリア・ディ・カーポンサッキといひ、五男六女を生んだ。その六女のうちにシモネ・デ・バルヂに嫁したビーチェ（ベアトリーチェの略稱）がある。またフォルコの家はアリギエーリ家のすぐ近い所にあつたと傳へられてゐる。

【榮光の主】　神。『己が死を』云々は、衆生を濟度せんため、キリストの身に於て十字架にかゝり給へること。

【實に】　疑ひもなく。ダンテはベアトリーチェの父の救はるゝことを信じてゐたから。

記錄によつて知られ若しくは推測されるフォルコの爲人がダンテ自身の言葉と一致することや、其死が「新生」記載のベアトリーチェの父の死と略同じ時であること（但しビーチェの死の年月は明かでない）等はボッカッチョの說を受入れる人々にとつて多少有力な論據となつてゐる。

【かゝる別離は】　ダンテがベアトリーチェの父の死を敍するに當り、物語の形式に依らず、推論式的な論法を用ゐたのは妙であつて、寓意說を支持する人々の好資料とも見えるであらうが、是は單にダンテの例の學究的傾向の一發露に過ぎない（カーシーニ）。

【習俗】 ボッカッチョの「デカメローネ」序詞のうちに、

これより以前の慣習によると（今もかういふ慣習はあるが）、親戚や近所の女達は不幸のあつた家のうちに集つて近親の女達と一しよに歎き、同時にその家の前では近所の男達やその外大勢の市民達が死者の親戚と一緒に集まつたのである。そして身分に應じてそれ〴〵の僧侶がくる。死者は同じ身分の人々の肩に擔がれて、燈明や挽歌など嚴な光景裡に、その生前指定した寺院へ送られたのである。

といふ一節が見える。親戚知友及びその他の人々が相集つて死者を哭する風習は當時の社交上の一現象であつて、これをコルロット（corrotto）といふ。またこのコルロットが寺院で行はれる場合でも男女同席でなかつたことは「デカメローネ」四日目第八物語中のジロラーモの葬儀によつても知られるのである。

【非難】 あのやうな場合、あのやうに悲しんでゐる婦人達にベアトリーチェの様子を問ふことが却て自分の越度になると思はなかつたならば。

【その通りの】 その時そのまゝの。

【哀憐に等しきほどの色】 蒼白。

【その目にて涙に《愛》を濡すを】 二一に『わが淑女《愛》を目にやどし』とあるその《愛》がベアトリーチェの憂ひの涙にぬるゝこと。

【汝等の歩みの】 原文、『われは汝等が賤しからぬさまにて行くを見るゆゑに』。件の女達が憂ひに沈むに拘らずその道行く姿や振舞がしとやかに貴いのを見て、ダンテははや心のうちにかれらは必ずベアトリーチェの處から歸つて來たのであらうと考へた意。

【姿の變れる】 憂ひのために。

【見るのみにて】 様子を聞かぬさきに。

【しば〳〵】 これまでの詩の中では第一カンツォネと第十一ソネットだけである。或はこゝで「新生」以外の或詩をもふくめて言つたのかもしれない。

【罪なり】 われらの歎きは當然ゆゑ、強ひて慰めようとするのは罪である。

【人若し】 若しわれらのうちで長く彼女のあはれな姿を見ようと思ふ者があつたならばその人は。

【前に】 散文で。卽ち『げにあの婦人』云云は第四節に、『この婦人が』云々は第三節に、『こゝにゐる』云々は第二節に、『見られよ』云々は第一節に當る。

二三

【健全であつてさへ】 健康な身に宿る命でさへ。わがよわい命より推してあらゆる人間の壽命のはかなさを考へたもの。

【不幸】 人類の。

【死んでゐる】 ベアトリーチェの父の死、加へてわが身の病などから、死の問題に直面したダンテは、はや自分の死んだことをさへ想像するに到つたのである。

【太陽が暗くなり】 以下自然と人事との微妙な關係を敍したもの。作者がその暗示を聖書から受けた事はいふまでもない。(「マタイ傳」二七の五一。「ルカ傳」二三の四四。「默示錄」六の一二—一三)。

【色をして】 蒼白い色をして。

【純白な雲】 ベアトリーチェの靈。

『十六世紀以前の畫家は、一團の白雲に蔽はれつゝ天に登る小兒の姿をゑがいて、世を去る靈を表すのが常であつた』(ヴィッテ)。

【いと高き處にてホサナ】 キリスト都入の際に於ける群衆歡喜の叫び(「マルコ傳」一一の一〇)。

この章に於ても次の章に於ても、ダンテはベアトリーチェの生前既に彼女に就てキリストを聯想せしめるやうな敍述をしてゐる。これは「神曲」に於けるベアトリーチェの象徴化の一階段とも見做すべきものであつて、ダンテの戀愛史上に於ける重要な一變化の表現と言つてよい。但しそれが次章では散文だけにしか見えぬのに、この章では著しく詩の中に現れてゐる。

【ホサナ】 ヘブル語にて「いざ救ひたまへ」の義。讚美の言葉。

【平和の源】 神。

【あのやうな處に】 ベアトリーチェの身に宿つて。彼女はその貴さを他に傳へる者であるから、賤しい死さへ貴くなつてゐる筈との意。

【おまへと色が】 死人のやうに蒼白な色をしてゐるから。

【悲しい務】 葬儀。

【一人の若い貴婦人】 多くの註釋者は、多分ダンテの異母妹二人あるうちの一人のことであらうと言つてゐる。

【血縁の最も近い】 三二の二行『また血縁の上では』云々参照。

【人たる者の】 或は、『人の情《なさけ》の』。

【《死》を呼べる處】 ダンテが病臥してゐた室の内。

【空しき】 とりとめのない。

【呼び醒さんとて】 正氣に復らせんとて。

【我のみ】 婦人達はダンテの聲をよく聞きとらなかつたから。

【心にやどる】 原、『《愛》はその宿る處なる我心の中にて泣きぬ』。

【靈達】 官能その他一切の靈。

【女達のはらだてる顏】 カーシーニは曰ふ、『このはらだつた顏は、死に就ての思ひである。卽ちその思ひが人の姿形となつて幻に現れたのである』と。またいふ、『昔の畫家は、腹立つた、異形の、そして髪ふりみだした一婦人をゐがいて死をあらはしたものである』と。

【憂ひの火】 その歎聲が人の心を火の矢に射て、悲しみをこれに滿たすこと（スケリルロ）。

【聲嗄し】 恐怖のあまり言語が明晰でないこと。

【マナ】 manna：是は何ぞやの義といふ（「出埃及記」一六の一五參照）。昔イスラエルの民がエジプトを出てアラビアの曠野にさまよつた時地から拾ひ採つた食物（「出埃及記」一六の一三以下）。但し雨は降り天使達は昇るのであるから、茲では註釋者の曰ふ如く、單に色の白さ（同書一六の三一）と動くありさまのしづやかさとを喩へたものであらう。これと同樣の例が天堂篇、二七の六七以下にもある。

【若し他に】 散文では『いと高き處にて』が加はつてゐるが、つまりは同じこと、卽ち天使達はあの群衆の讚美以外何をも言はなかつたといふことで、この長短の差に別段深い意味はないと思ふ。

但しスケリルロはこゝに作者の用意のあることを認め、或はダンテはベアトリーチェの生前に、かゝる壯嚴な聖句を用ゐることを憚つてホサナだけに止めたものの、その死後にはこの斟酌も薄らいだので讀者の理解を助けるため『いと高き處にて』を書き加へたのではないかと言つてゐる。

【臥しをるを】 死んでゐるのを。

【かゝる柔和の姿を見】 原、『かゝる柔和が彼女に於てその形をとれるを見』。

【侮蔑】 侮蔑とは呼ばれてもかへりみず憂ひのうちに生かしおくこと、慈悲を懷くとは死者の數に加へること。

【肖たる】 死人の如く色の蒼いこと。

【悲しみの事】 散文の『悲しい務』。

【ひとりの婦人】 卽ちダンテに血筋の最も

近い婦人。

二四

【心が鼓動しはじめるのを】 原、『心に戰慄の始まるのを』。

【捉へた】 征服した。お前の心を虜にした。

【一人の貴婦人】 下出『モンナ・ヴァンナ』註參照。

【第一の友】 カヴァルカンチ(三「第一の人」註參照)。

【人々】 altri.

異說、「或人」、「彼」、卽ちカヴァルカンチ自身。

【プリマヴェラ】 Primavera（春）。但しこゝでは春咲く花の一種(櫻草屬)を指すのかもしれない。

【命名者】 スケリルロはグィードがこの名を附けたのであると言つてゐる。グィードの詩のうちにプリマヴェラといふ言葉のあるのは註釋者の引用句によつても明かであるが、かれが實際その名付親であつたかどうかは知られてゐない。

【忠僕の幻】 ダンテがベアトリーチェの死をその幻で見たこと(前章の)。

【先に來るだらう】 prima verrà: 音の類似から思ひついたまでのことで、春の語源の穿鑿ではない。

【ジョヴァンニ】 洗禮者ヨハネ(「マタイ傳」三の一等)。

【眞の光】 キリスト(「ヨハネ傳」一の九)。ヨハネがキリストの先行者となつた樣に、ジョヴァンナはベアトリーチェの先に立つて來たといふこと。

【我は主の道を】 ヨハネの詞(「マタイ傳」三の三等)。

但し我（Ego）は「ヨハネ傳」(一の二三)だけにある。

【言はぬがよいと思ふ言葉】 名に就てのダンテの考。之は畢竟ジョヴァンナをベアトリーチェの下位に立たせるもので、グィードの喜ぶところではないと見たから。

【まだこの貴い】 下出『モンナ・ヴァンナ』の條參照。

【心のうちにて醒むる】 心の鼓動しはじめたこと(散文參照)。區分に『いつもの』とあるから、ベアトリーチェの現れようとする時ダンテの心に起るその豫感を指していふのであらう。

但し精確にいへば、愛の靈の目醒めるのは貴い心の中に宿る愛情がその眠りよりさめる事であつて、豫感のもたらす戰慄と同一ではない。

【見紛ふばかり嬉しき狀】 常の物憂い姿とちがつて。

【その言葉みなほゝゑめり】 この一句オックスフォード版や學會本では『そのいづれの言葉にも(かれ)ほゝゑめり』。

【モンナ】 monna: madonna (わが淑女。婦人の敬稱) の通俗な略稱。

【モンナ・ヴァンナ】 ヴァンナはジョヴァンナの略。

ヴァンナといふ名はグィードの詩に出てゐない。ダンテが散文を書いたころにはグィードの愛は既に他の婦人に移つてゐた。またそれをダンテの知つてゐたことは散文によつて充分に推量しえられるのである。

【ビーチェ】 ベアトリーチェの略。

ベアトリーチェ生前のダンテの詩のうちでかれの愛人の名の出てゐるのはこゝだけである。

【一の奇蹟】 或は一の驚異、すなはちベアトリーチェ。他の奇蹟はジョヴァンナ。

【かれは名を《愛》と】 「新生」中のベアトリーチェが《愛》と同一でないことは言ふまでもない。

この章に於ては、異象と事實とが巧みに

織りまぜられてゐること、ダンテの愛情が次第に理想化されて來たこと、隨つて失戀の悲哀を超越してその心の中に喜悦と感謝とを懷くにいたつたことなどがその著しい特色である。身心ともに疲れ果てたダンテにさへ、柔和な死の姿によつて平和を與へたベアトリーチェは、病癒えたダンテの目の前にその生ける姿を現し、その救ひの力を悉くこれに注いで忽ちかれを美の仙境に立たしめた觀がある。しかしこの章や以下二九章にいたる諸章の平穩な雰圍氣は嵐の前の靜寂に過ぎない。

二五

【凡ての疑ひを】 自分の疑ひをすべて人に解いてもらふだけの價値ある人。一二章の末にみえる讀者への約束をダンテはこの章で果すのである。

【智的實體】 sustanzia intelligente： 實體とはすべて獨自獨立して存在するものをいふ。石、天使、人間などが皆それである。しかしてこの實體は單に智的な場合もある。天使がそれである。單に有形的な場合もある。石がそれである。智的且有形的な場合もある。人間がそれである。

【偶性】 accidente：『偶性とは單に實體の性質若しくは經驗として存在するものをいふ。白さ、重さ、形、若しくは凡ての感情、感覺などがそれである』（「テムプル・クラシックス」中の「新生」註）。

【かの哲人】 アリストーテレ（アリストテレス）。名高いギリシヤの哲學者（前三八四―三二二年）。ダンテはかれを哲人中の第一人者として單に『哲人』と呼んでゐることが多い。但しこゝではかれの學說を擧げたのであつて、その語句を引用したのではないと註釋者は言つてゐる。

アリストーテレに關するダンテの智識は

ラテン語の飜譯書、引用句、註疏等に據つたものであるが、その範圍は甚だ廣い。

【人間特有のもの】「カングランデに與ふる書」に『人ならば笑ふことが出來る』。「エーロクェンチアー」一、二の始めに、『すべての存在物の中で人間にのみ言語が與へられてゐる』。

【俗語】ラテン語に對しイタリア語をいふ。

【卽ち我等のうちでは】イタリア及び他のラテン系の國民のうちでは。

【ギリシヤ】ダンテはその「エーロクェンチアー」のうちで、ギリシヤにも雅俗の兩語あることを言つてゐる。

【韻を履んで】この句は、俗語を用ゐて押韻する人々を俗語の詩人と呼んだのに對しての説明であらう。詩人といへば、丁度それが日本で昔漢詩作者專有の稱呼であつたやうに、ラテン詩人を指すのが常であつたから、俗語で韻文を作る者を詩人といふには相當の理由がなければならない。それゆゑダンテはこゝでその理由を示したものと思ふ。但しこれが二五行以下の所論の前提となつてゐ、且またダンテのこの最初の文藝批評に於ける主要の論點であることはいふまでもない。

【ある範圍内では】secondo alcuna proporzione（適當の比例でゆけば、ある差別を認めた上では。或は單にほゞの意とする人もある）。句格の上の差別（たとへば押韻が俗語詩にあつてラテン詩にないやうなこと）はあるが、詩の本質にいたつては同一である。

【韻律】versi：こゝではラテン詩に於ける特殊の句格（たとへば長音短音の排列及びその變化など）。

【オコの國語やシの國語】プロヴェンツァ

（プロヴァンス）語やイタリア語。オコ、オク（oc, oc）はプロヴェンツァ語の、シ（sì）はイタリア語の然りといふ義の言葉。『シの聞ゆるうるはしき國の民の名折よ』（地獄篇、三三の七九―八〇）。

ダンテ自身の言ふ所によると、前者は南歐洲の中ゼノーヴァの境界以西の言葉、後者は同境界以東、即ち、アドリアチコ海の灣頭なるイタリアの岬やシチーリアまで亙つてゐる地方の言葉（「エーロクエンチアー」一の八）。

【今より百五十年以前】 即ち十二世紀の半頃。

カーシーニは曰ふ、『ダンテのこの説はイタリアの詩でいへば正しい（それが十三世紀に始まるのであるから）が、プロヴェンツァ（プロヴァンス）の詩でいへば誤つてゐる。たとひ戀愛詩人に限つて見ても、その最初の者はポアチェのグリエルモ（一〇七一―一一二七年）である』云々。十二世紀の半以前にプロヴェンツァ詩人のあつたことは他の多くの註釋者も言つてゐる。然るにダンテが「エーロクェンチアー」中でオク語の最初の詩人の一人として擧げてゐるのはピエール・ダルヴェルニア（十二世紀の後半頃）である。それゆゑ、歸するところは、この時以前のプロヴェンツァ詩人に關するダンテの知識が不充分であつたか、さなくばそれらの詩人を計算の中に入れなかつたかいづれかといふ事になる。恐らく前者であつたであらう。

【ある拙い】 その歷史が新しいので、特別な才のない人もたゞ開拓者であるといふところから詩人としての名を得た。

【最初の人】 ダンテは主としてシチーリア派の戀愛詩人などをその念頭に置いたのであらうが、俗語詩の歷史からいへば之は正確な説ではない。なぜなれば、『プロヴェンツァの文學は敎訓詩に、フランスの文學は史詩に始まつてゐるし、イタリアでも抒情詩が俗語詩の濫觴ではなく、俗語詩最初の開拓者はロムバルヂアの敎訓詩家である』(カーシーニ)から。

【ラテン語の詩を】ダンテにどのやうな典據があつたのか不明であるが、恐らくスケリルロの言ふ如く、これは昔の婦人のラテン語の知識が不充分であつたといふことなど多少の事實をもととした一臆說に過ぎぬであらう。

【不利な】愛以外のものを題材として俗語の詩を作るのはよくない。

俗語詩は戀愛に始まつたものゆゑ、それ以外の詩材に亙つてはならぬとは、たとひ前提が正しいとしても、妙な論法である。但し後年ダンテの知見の廣くなるにつれて、その俗語詩應用の範圍もまた廣くなるにいたつた。即ちかれは「エーロクェンチアー」の第二巻に、俗語や俗語詩の題材として、安寧(武勇)、戀愛、及び德の三を擧げてゐる。

【かの詩人達】ラテン詩人。

【押韻者】俗語詩人。

【何の理由もなしに】權利の濫用を戒めたもの。

【ヴィルジリオ】ヴィルギリウス、ラテン詩人(前七〇—一九年)。「エーネアの歌」(Eneida—lat. *Aeneis*)の作者。

ヴィルジリオはラテン詩人中ダンテの最も尊崇しかつ私淑した詩人である。かれは「神曲」に於てダンテを野獸の危難より救ひ出し、導者となつて地獄浄火をめぐり、浄火山上なる地上の樂園まで行つてゐる(地獄篇、一の六一以下)。

【ジューノ】古神話中の女神。ジオヴェ(ユピテル)の妃。

【トロイア人】(トロイアは小アジアにあ

るトロアデの首都）。神話に名高いトロイア戰爭に與つた人々（地獄篇、一の七三―五註參照）。

【エオロ】 アイオロス、風の神（淨火篇、二八の二一竝に註參照）。

【エオロよ、汝に】 「エーネアの歌」一の六五。

ジューノがトロイア軍のイタリア落を妨げるため、風の神エオロに請うて風波を海に起させようとするくだりに、『エオロよ――汝に神々の父、諸人の王は、風をもて波を鎭めまた揚ぐる力を與へ給ひたり――わが仇なる國民《くにたみ》は』云々（一の六五―七）。

【あゝ王妃よ】 同書一の七六―七。エオロがその行動に對する責任をジューノに負はせる僞に答へた言葉。

ダンテはエオロを一自然力卽ち無生物の擬人と見またジューノのやうな他神《あだしがみ》を非實在のものと見たのである。

【堅忍なるダルダニデよ】 「エーネアの歌」三の九四。エーネアがデロといふ島（淨火篇、二〇の一三〇―三二註參照）へ渡つてフェーボ（フォイボス、アポルロ）神の託宣を聞いた時、神のこれに答へた言葉。

フェーボはジューノと同様非實在のもののうちに入るべきであるが、特に無生物と言つたのを見ると、或はこれを太陽の擬人と見做したのかも知れない。但しスケリルロは『たゞ神の不可思議な聲のみが殿《みや》の幕の後《うしろ》より聞えるからである』と言つてゐる。

【ダルダニデ】 ダルダニデス、ダルダーノ（ダルダノス、トロイアの建設者）の子孫卽ちトロイア人。

【ルカーノ】 ルカヌス、ラテン詩人（三九―六五年）。その著「ファルサーリア」十巻はチェーザレ（カエサル）とポムペオ（ポンペイウス）との戰ひを敍したもの（地獄篇、四の九〇參照）。

【されどローマよ】「ファルサーリア」一の四四。内鬨の禍害は大なるも、そのためネロの如き良君を得たれば、禍害を償つて猶餘りある意。

但し「ファルサーリア」の普通の本文によるとこの句のうちの *debes* が *debet* となつてゐて、この一句（されどローマは市民の武器に負ふ所多し）は、作者がこの詩巻のはじめにネロ皇帝に向つて述べた言葉の一部である。之に就てスケリルロはこのやうな異本がその當時あつたものと見えるといひ、カーシーニは多分ダンテはある古典釋義家の註に「ローマよ、汝はなほ内訌に負ふ所多し」云々とあるのをそのまゝ採用したのであらうと言つてゐる。

【オラーチオ】ホラティウス、ラテン詩人（前六五—八年）。その詩に「サチレ」二卷、「書簡集」などがある（地獄篇、四の八九參照）。

【人間】卽ち詩人。

【オーメロ】前出（二）。

【詩論】Poetria：「書簡集」第二卷のうち、ピゾネスに宛てゝギリシヤ劇を論じたもの。

【我に語れ、ムーザよ】同上一四一行。

『我に語れ、ムーザよ、トロイア陷落の後、世のさまざまのならはしと町々とを見し人のことを』（一四一—二行）。これはオーメロの「オヂュセイア」卷頭の詩句を自由譯にして引用したもの。「ムーザ」は詩神。

【オヴィヂオ】オヴィヂウス、ラテン詩人（前四三—後一七年）。神話詩「メタモルフォージ」（メタモルフォセス）十五卷のほか數種の作がある（地獄篇、四の九〇參照）。

【戀愛治療書】Libro di Remedio d'Amore (lat. *Remedia Amoris*)：戀愛の絆を絶つ方法を説いた一篇の詩。

【かれ言ふ、我は】　同上第二行。

『《愛》は讀みぬ、この書《ふみ》の題と名とを。

かれいふ、我は』云々(一—二行)。

【いづれの處かに】　第五ソネット(九)、第一バルラータ(一二)、第一カンツォネ(一九)、第十四ソネット(二四)などに見える愛の擬人法に。

【第一の友】　グィード・カヴァルカンチ。

二六

【さき〴〵の言葉】　第二四までの諸章。第二五で主題を離れたから、こゝで特にかう言つたもの。

【見るもの聞くものに就て】　見るものはベアトリーチェに遇ふ人々の樣子など、聞くものは讚歎の言葉など。

【美】　piaceri(人を悅ばすもの)。

【かの女の力から】　或は、『かの女から、その德によつて』。

【再び取らう】　ベアトリーチェの父の死やその他の出來事のため第二一の末で中絶した讚美の言葉をこゝで續いて連ねようと。

【親しく】　sensibilemente(感官によつて、卽ち目で)。

【目によりて】　見る人の目を通して。

【これを措いて】　オックスフォード版ではこの句を第二六の終りの言葉としてある。學會本をはじめ近年出版された「新生」は大概オックスフォード版の第二七の終りまでをこの章のうちに入れて全體を四二章に分けてゐる。

【彼女のために】　そのおかげで。卽ちベアトリーチェの德がかれらに反映して。

【歩むもの】　原文では女性。

【聖恩】　ベアトリーチェと共に歩むことの出來るのを特殊の神恩によるものと思つて。

【譽を得】　ベアトリーチェの光をうけ美し

く貴くなつて人に崇められる。
【愛の甘さに】 彼女を見たことのある者は、その姿を思ひ出しただけで、愛の爲にうるはしい大息《といき》をする。
【嬉しさ】 或は、『かたじけなさ』卽ち神恩のゆたかなるを感ずること。
【かれら自身に關して】 第一の高雅、愛、信は彼女の作用によつてかれらがその心に收めえたものであるし、第二の『譽を得』はかれらの姿にあらはれ、人の目に映じた美しさ貴さに就てである。

二七

【私に與へてゐた】 第十五及び第十六ソネットは婦人やおしなべての人に對するベアトリーチェの影響を述べたもので、特にダンテ自身に關するものでないから。
【受け易くなつてゐる】 essere disposto a. 『《愛》が私の心に、ベアトリーチェの德の善い影響を受けるだけの準備をしてくれたこと』(スケリルロ)。
【一のカンツォネ】
註釋者は曰ふ、このカンツォネの斷片は、形の上から見れば、たゞ第一一行が七音になつてゐるだけで、押韻に於てもソネットと差違がない。また內容の上からいへば、散文記載の二の趣意が充分に言現されてゐる。恐らくダンテは始めソネットとして作つたこの詩を、默想の狀態から悲哀の狀態への推移のしるしとして特にカンツォネの一節の如くし、その體と名とを之に與へたのであらうと。
【靈達逃ぐ】 諸官能のはたらき止み、その人恍惚として忘我の境にあること。さきには《愛》の專橫に反抗し、これとの戰ひに敗れて憂愁の人となつたが、今は《愛》の主權に滿足して却て無限の悅びをえてゐる。
【色を失ふ】 あまりに悅びの深いため顏色

の變ること。
【大息】 歎息《ためいき》には苦しいよるべないものとうるはしい樂しいものとがある。前の二のソネットの歎息は後者の例であるが、こゝでもそれと同じであつて、今やダンテの歎息は昔のやうに單なる憂ひの表示ではなく、聲となり言葉となりつゝ慰藉を愛人に求めるゆゑ、ダンテ自身そこに一種の法悅を感ずるのである。
【樂し】 é cosa umil. 字義上からいへば《愛》の主權に服從し、何等の抵抗をも試みぬさまを指すもので、こゝでは無抵抗のうちに獲得した無限の悅び、『笞《しもと》の下の微笑』を表す。

二八

【あはれ人の】 「エレミヤ哀歌」一の一(ヴルガータ)。カルデア人に攻め落されたエルサレムとその住民の禍とを敍した哀歌の第一節であつて、ダンテはベアトリーチェなきあとのフィレンツェを荒涼たる聖都のさまに比したのである(三〇の一以下參照)。『諸の民の女王』とは威を四隣に振つた榮華時代の聖都。
【正義の主】 神。
【この福《さいはひ》な】 今は天上の都に住む。
【深い尊敬】 『このいと貴い婦人は、榮光の女王の讚美の聞えるところに坐し』(五)。
【御旗のもとに】 マリヤの御側の聖徒達と一諸に。「神曲」では天上の薔薇のうちの第三座でラケーレと竝んでゐる(天堂篇、三二の七—九)。
【今何か述べる】 多分散文で。今とは散文を書いた時のことであるから。
【好ましい】 人のよろこぶ。
【三の理由】 ベアトリーチェの死を細敍することはこの小冊子の趣意に直接の關係がないこと、それを適當に述べるには筆の及ばない恐れあること、自讚の誇りを免れ難いと思はれること。

（一） ダンテの述べようと思つてゐた事柄が判然しないかぎり、その意を充分に理解することは出來ない。そしてこの第一の理由は第三の理由と密接な關係を有してゐる。しかし述べる事柄が何であるにしても、それは「新生」といふ生の詩の主題以外のものであると言はれないことはない。

（二） 三の理由のうちでわかり易いのはこれ一だけである。

（三） 第三の理由は極めて捕捉し難い。從つて註釋者の所説も區々である。今かりにその所説を大別して甲乙の二にして見ると、甲説ではダンテの敍述をベアトリーチェの臨終またはその死直後に於ける或新な出來事に關したものと見做し、たとへば彼女が死に際してダンテの行末に對する思ひ遣りを言現したとか、ベアトリーチェとダンテとを相思の間柄と見て前者の臨終の言葉のうちにその愛人の名が言はれたとか、彼女が天にあつてダンテを讃めかつそのために祈つたとかいふやうに考へ、乙説ではベアトリーチェの死に現れた深い意義、卽ちたとへば彼女の地上に於ける眞の使命や天上に於ける榮光などを敍して彼女をさらに理想化することは、幼時から彼女に全心の愛を捧げ、いはゞ選ばれて彼女を唯一の愛人としたダンテにとつて自然自讚に陷る所以であると見、若しくは、ダンテの當時考へてゐたのは天上に於けるベアトリーチェの榮光の一異象であるが、これはコリント後書第一二章の始めにあるパウロの異象と相似たものであるゆゑこのやうな異象を見たといふことがすでにダンテを自負に陷れる條件であると見るのである。前者卽ち甲説は純然たる想像説と言つてよい。また後者によればダンテは既に或程度まで自讃者となつてゐることになり、且また「新生」の末章に於けるダンテの立場に一の困難を招來することになる、なぜなれば第三は第二の條件が具備したと假想しての上のことであるから。

但し甲説の中の最後のものはチーノのカンツォネ（後出他人の筆の條參照）の末節に、

　彼女聖者達と汝のことを
語りて曰ふ、『われ世にありし時、
かれ讃美の詩をもて我をほめつゝ
我に譽をえさせたり』と。
かくてまた眞《まこと》の主なる神に祈りて、
いとよく汝を慰め給はんことを乞ふ。

とあるにもとづいたものであるが、若しチーノの詩に求めるならば、私はむしろその五四―六行に見えるダンテの希望及び信念を選びたい、卽ちダンテがその死後天堂に赴いてベアトリーチェと再會し、地上に惠まれなかつたその愛を天上に完うするといふやうなことを。ダンテがかゝる考をば單なる希望としてでなしに抱いてゐたといふことは殆ど推測するに難くない。しかしそれをあからさまに敍述すれば自讃の誇りを招きやすい。また愛人の死の思出がその創痍をさらに新しくする當時にあつては自ら筆の及ばないのを恐れたであらう。將又これは地上の戀愛記である「新生」の主題以外のものと言つても差支がないであらう。

【非難すべき】『それゆゑ自ら讃める者は自分が善く思はれてゐないと信じてゐることを示す者である。心疚しくない者はかやうなことをしない。自ら讃めて心の疚しきを顯し、あらはして而して非難せらるゝのである』（「コンヴィヴィオ」一の二）。

【他人の筆】原、『他の説明者』。註釋者は、ダンテは多分チーノ・ダ・ピストイアを指すのであらうと言つてゐる。ダンテが特にチーノを指したか否かは疑問であるが或は彼のことなどがその念頭に浮んでゐたかも知れない。かれはダンテの詩友であつて、ベアトリーチェの死後ダンテに宛てた慰藉の詩卽ち一篇のカンツォネを賦した。そしてダンテは「エーロクェンチアー」の中にそれを優秀な詩格の一例として擧げてゐる(二の六)。この詩はまたベアトリーチェの實在に對する外部の證明の一資料である。

【さき〲の言葉のうち】二、三、六、一二、二三の諸章に。

二九

【さてアラビアの】ベアトリーチェの世を去つたのは一二九〇年六月八日の夕である。しかしダンテはこゝで九の數を見出す必要上、九以外の月と日とをシリアとアラビアの曆法による月日に換算したのである。

【アラビア】ダンテがアラビアの天文學者アルフラガーノ(Alfragano. 八三〇年死)の說に據つたことは註釋者の一般に認める所である(アルフラガーノの著「天文學要論」のラテン譯は第十二世紀に世に出た)。そしてこれによれば、アラビアでは日沒から次の日沒までを一日と計算したのであるから、アラビア曆の九日の第一時はローマ曆の八日の日沒後の第一時に當ることになる。

【シリア】同じくアルフラガーノの著書によつたもの。シリアの第九月はハヂラーン(Hazirân)といつてローマ曆の六月に當る。

【第一チジリン】Tisirin primo: 註釋者

の引用してゐるアルフラガーノの言葉に、『シリアの月は下の如し。第一チジリン、三十一日。第二チジリン、三十日』云々。第二チジリンは卽ちローマ暦の十一月。

【完全數】 十。

十を完全數とすることは古くはピッタゴラ(ピュタゴラス)學派の所説であるが、ダンテの時代には數に關する迷信が特に甚しかつたから、このやうなことも多數の人に知られてゐたのであらう。

【九度滿ちた】 九十年となつたといふこと。卽ちこれは十ケ年が九度過ぎて仕舞つたといふ意ではなく、十といふ數が九度繰返され終つたといふ意である。

【トロムメオ】 プトレマイオス、名高いエジプトの天文學者(二世紀)。

ダンテはおもに前記アルフラガーノの著書によつてトロムメオの學説を知つたのであらう。

【キリスト敎の眞理】 多分キリスト敎徒(特に聖父達など)の信ずる所といふ意であらう。

聖トムマーゾ(トーマス・アクィナス、中世イタリアの神學者哲學者)は十天をその「神學要論」のうちに擧げてゐるが、このうちエムピレオの天は不動であるから、『めぐる天は九』となる。

【九】 月、水星、金星、太陽、火星、木星、土星、恆星、水晶(原動)の諸天。

【相互の關係】 相關的位置。諸星相互の位置の變化に應じて、その下界に及ぼす影響に差別あること。

【最も完全に】 諸天がその位置の關係上完全な調和を相互間に保ちつゝ、各自に、また相共に善い影響を與へること。

【誤りのない眞理】 神學上の眞理。

【諸の奇蹟の因子】 神。

fattore には因子の外に、「生ずるもの」

「造り主」などの義があるゆゑ（地獄篇、三の四等）、こゝでは兩義にかけて言つたのであらう。

【三にして一】『我また永遠の三位を信ず、しかしてこれらの本《もと》は一、一にして三なれば』（天堂篇、二四の一三九―一四〇）。

【父と子と聖靈】『父と子と聖靈との名によりてバプテスマを施し』（「マタイ傳」二八の一九）。

【一の九、卽ち一の奇蹟】九といふ數もすべての奇蹟もその根《もと》は同じ三である。それゆゑ九は卽ち奇蹟といつてよいとの意。

三〇

【世の君主達】li principi de la terra. 但しこの句を「都のうちの重立つた人々」の意とする人もある。

【宛て】たゞその體をとつたまでであつて、實際送り届けたといふ意ではない。送る積りでなくて書簡體の詩文を物することは決して新しい事でなかつた。それにダンテが果してこの書簡を書き終へたかどうかもわからぬのである。

【新しい詩材】ベアトリーチェの死及び其他。

【引用した言葉の續き】卽ち君主達に宛てた書簡のうち、前記の引用句以外の言葉。

【第一の友】グィード・カヴァルカンチ。

【これを書送る】ダンテは自分の作品のことをよく知つてゐるカヴァルカンチとの親交に力を得、その多少の奬勵によつて「新生」を編纂し、以て友の意に副へ、且かれを最初の讀者にしようと考へたのであらう。普通ダンテが「新生」をカヴァルカンチに獻げたといふのはこの一句にもとづいたものである。

三一

【いよ〳〵寡婦の如く】續くもののないた

めいよ／＼孤獨に。
【心を憐みて】 心のなやみに同情を寄せて泣き續けた私の目は、はや疲れ果てゝ泣くことのかなはぬほどになつた。
【女のうちに】 卽ち、貴婦人達の外には。第一カンツォネに、『戀知る女、少女《をとめ》達よ、われ汝等と共にかく爲《せ》む、他人《あだしびと》に言ふ事にあらねば』(一九)。
【冷熱の狀】 體溫が高低いづれかに偏すること、卽ち病。
【永遠の主】 神。
【諸の天】 九天。之を貫くとは第十天卽ち神の御座なるエムピレオの天に到ること。
【福】 salute：卽ちベアトリーチェ。
【この幻】 死せる淑女の幻影。
【死し給へる】 まことに死し給へるなるかといつてかやうに恐ろしいことのあるべき筈はないと思ふ心をあらはす。
【新しき世】 天。
【われ汝を棄つ】 もはや救ふ見込がない。
【見る】 天より。
【姉妹達】 生前のベアトリーチェを歌つたカンツォネ（こゝでは多分ソネットをも含めて）。

三二

【或人】 誰のことか明かでない。但しこゝに言ふ血緣の關係と、第三三章の區分の末の言葉とを考へ合はせて、ベアトリーチェの兄弟と見るのが穩當であらう。
　ベアトリーチェをフォルコの女とする人人は、多分フォルコの長男マネットの事であらうと言つてゐる。
【第一の友】 グィード・カヴァルカンチ。
【實際】 カーシーニの曰ふ如く、亡くなつたことの實と、言ふことの虛（紛らした）とを對照したもの。
【受福者】 榮光を受くるベアトリーチェ。

【少しく】かゝる悲しみは充分に言現しうべき性質のものでないから。

【慈悲之を】愍みの情は、心の貴い人々にむかつて、私の大息《といき》を聞くやうに勸めてゐるゆゑ。

【出で行く】心の中より。

【なかりせば】この悲しい大息が、今はわが身に殘る唯一の慰めであるから、これがないならば。

【然は泣いて】以下前節の意を承けて、大息が唯一の心遣《こゝろやり》である理由をあげ、胸に滿つ悲哀をば涙によつて洩しえぬ次第を述べたもの。

【あまりに】原、『わが願ふよりもなほ』。

【わが負債者と】私に負ふ責任を充分に果しえないであらうから。わが心の憂《う》さを慰めるだけ充分に涙を流しえないであらうから。

【聞け】原、『汝等は聞かむ』。

【福】salute.『女のうちにてわが淑女を見る者こそは凡ての福《さいはひ》を見きはむるなれ』（第十六ソネット）。

三三

【カンツォネの二節】『カンツォネとして必要な節の數に就ては一定の法則がなかつた。但しダンテではそれが殆どいつも五であつて、たゞまれに六または七のこともある。さればこゝでもかれは二節でもつて一篇の完全なカンツォネを作つたとは考へてゐない、そして例の如く正確にそのことを指示してゐる』（カーシーニ）。

【一は(この)】卽ち後節は。但し譯語の關係から、原文の順序が變へてある。

【僕】彼女を深く戀慕ふもの。

【悲しき記憶】悲しい思出のみ多い記憶、卽ち悲しい思出。

【去らざる】この身を離れて。

【なほも受くべき】 今後もこの魂がさまざまの苦しみをこの世で受けなければならぬことを考へると、はやその恐ろしさに、思ひ沈むより外はない。

【愛をもて】 『《死》よ、われいたく汝を愛《め》づ』(二三)。

【一の哀なる音】 私の歎息のうちには、愍みの情を人に起させるやうな聲が一つまじつてゐて。

【さるは】 以下死を呼求むる理由を敍したもので、ベアトリーチェの美はその美しき肉體の死すると同時に全く靈化し、生前地上の悦びであつたと同じやうに、今は天上の悦びであるから、かゝる榮光を見ようと希ふ心より、助を死に求むるのであるとの意。

パッセリーニはバルビ單行本の本文と同じく per che の二語とし、これを「その酷き力のために」と解してゐるが、《死》がベアトリーチェを奪つたから自分も《死》を求むるのであつて、《死》の殘忍を讚美したのではない。

【さきはへ】 saluta:その愛の光が天使達の福《さいはひ》を完うすること。『この魂のほかさらに缺くるものなき天は、その主に請ひてこれを得んとし』(一九)。

多分こゝでも天使達への會釋とかれらに與へる福との兩義を兼ねて言つたのであらう(三「不安」註參照)。

【かしこにて】 天上にて。

三四

【永遠に生くる市民】 天にある聖者達。

【滿一年に當る日】 ベアトリーチェの一周忌、卽ち一二九一年六月八日。

【小さな板】 tavolette.『初心者の用ゐる六インチ方形位の小さな木製の畫板であらうと思はれる』(マッケンジー註ペルレット引用)。

【天使を畫いて】 ダンテが文筆以外の藝術に直接手を下した唯一の例證として名高い句である。こゝの畫く（disegnare）は素描すること。
ダンテのこの技については他に信頼すべき記録がない。十五世紀にダンテの傳を書いたレオナルド・ブルーニはダンテが『てづから巧みに素描した』ことを記してゐるといふが、恐らくこの章の記事にもとづいて卽斷した一臆説に過ぎまい。但し當時はチマーブェなどの巨腕によりフィレンツェの繪畫が漸次隆盛の域に向つて進みつゝあつた頃であるから、ダンテが少くもこれに對して深い興味を有してゐたといふことだけは容易に想像し得られるのである。

【或人】 Altri: ダンテの心の中ではベアトリーチェを指す。

【天使達】 さきに『ひとりの天使』といひ、今『天使達』といつてゐるが、さきのはベアトリーチェであつて、今のは多分これに配した天使達のことであらう（メロヂア）。

【マリヤ在す】 『聖なる女王處女《をとめ》マリヤの御旗のもとに』（二八）。

【平和の天】 第十天卽ちエムピレオ。

【彼女の力に】 卽ち彼女の德の力に。ベアトリーチェを思ひつゝその姿を天使に擬へて畫いてゐたときかの貴い人達の訪れて來たのは、彼女の力のよいはたらきがかれらに及んでかれらを引寄せたからであるとの意。

【毀たれし】 憂ひ惱みのために。

【うき涙を】 涙盡くと見えた目にも、悲しい歎聲のため、屢新なる涙がやどる。

【されどわきて】 その歎息《ためいき》のうちでも、今日は一周年の忌日といふことを思はせながら出て行くものがとりわけ私を苦しめる。

【けだかき智】 ベアトリーチェ。

三五

【しばらくの後】一周忌からしばらくの後。「コンヴィヴィオ」の記事と錯綜して議論の多い句ではあるが、事實としては、ベアトリーチェの一周忌以後さほど年月の經過しないうちと見るのが自然と思ふ。

【美しい婦人】この婦人の何人であるかは知り難いが、これに關する「新生」の記述は大體事實に據つたものと見てよいであらう。

追放以後の作「コンヴィヴィオ」ではこれが哲學の象徴といふことになつてゐる。しかしダンテは「新生」當時哲學の象徴としてこの架空の人物と事件とをこの小册子に點出したのではあるまい。これに就ては批評家の意見がほゞ一致してゐる。即ち「コンヴィヴィオ」全般に亙つての象徴化若しくは比喩化的傾向が「新生」の史實の領域をも犯して來たのであつて「コンヴィヴィオ」が「新生」中の出來事を抹殺したのではない。換言すればダンテは「コンヴィヴィオ」で「窓の女」の實在を否定したのでなく、「コンヴィヴィオ」の象徴主義に適合せしむる必要上、その對象物をこの婦人に求め得たまでである。

【己自身をあはれむ】人の愍むのを見ていよいよ切に己の不幸を感ずること。

【弱み】原、『力ない生命』（あはれな身の上）。

【說話】ragione: こゝでは散文で書いた詩の由來。

【暗き身のさま】悲しい身の上。

【目に】即ち涙に。

【汝を視】深い同情を寄せるその姿を視。

【思ひ】原、『魂』。

【かの淑女に】ベアトリーチェに宿つたそ

の《愛》（この愛のために今自分は彼女の死を悼んでかく泣くのである）が今かの淑女に宿つてゐる。

新愛への第一歩を舊愛と結びつけ、その推移を新愛卽舊愛の理によつて辯解的に言現したもの。

三六

【色が蒼白く】註釋者の引用にかゝるオヴィヂオ（オヴィヂウス）の言葉（「アルス・アマトーリア」一の七二九）に、『戀する人はみな蒼白い。これが戀する人に相適しい色なのである』。

【いつもこのやうな】『その眞珠に似たる色は』（一九）。

【雅びたる目や】愛に燃える男の目やその憂ひの涙をたび／＼見る時は、女の顏に蒼白い愛の色や同情の氣色がよく見えるものである。然しそれも私の悲しい姿を見た時に御身の顏に現れたその愛や同情ほど不思議に強く著しくはない。

【わが記憶に浮ぶもの】ベアトリーチェの面影。

【わが目萎ゆ】泣きつゞけたため。

【泣くの願ひ目にあれば】『目はとゞまりて泣くをねがへり』（地獄篇、三九の三）。ベアトリーチェの死を歎いていつまでも泣かんと思へど、目は萎えてもはや泣く力がない。ただ御身の顏に現るゝ深い愍みの情を見るとき、新たに涙がそゝらるゝゆゑ、亡き人をしのびそのために泣くよすがとして屢御身を見るのである。

【切にし】ベアトリーチェの姿を新に思ひ起させて。

【泣くをえじ】自分の弱みを見せまいとの心から。

三七

【あまりに嬉しく】これ迄ダンテはベアト

リーチェの追憶にほだされて「窓の女」をなつかしく思つてゐたが、今やその感情は追憶の絆《きづな》以上に進んでゐる。スケリルロの言葉でいへば花々しい現實がかれに攻め寄せて勝つたのである。

【榮光の淑女の】 ベアトリーチェの思出の悲しさから同情の念に驅られて君達を見るに過ぎない。

【それを忘れ】 泣いて人を泣かしたことを忘れ。

【我と我との】 卽ち新舊二の愛情の。

【不幸な者】 ダンテ。

【一の疑ひ】 人が己自身の一部なる目にむかつて物言ふといふ論理上の錯誤に對し、それは其人の他の一部なる心卽ち感情の聲であると註して、かやうな疑ひを取除いてゐるとの意。

【因】 かの婦人を見て目の受ける喜び。この誘惑に勝つの道はベアトリーチェのことを絶えず思ひ出すにある。

【淑女の姿に】 かの婦人を見てこれを愛するにいたることを恐れてゐる。

【大息す】 裏切るものがなほ心の奥にひそんでゐるため。

三八

【これに】 この考に。

【かの女に味方して物言つた】 かの女を愛することを主張した。

【極めて賤しい】 ベアトリーチェの思出を裏切るものであるから。

パッセリーニの言ふ如く、これはソネットにないことである。また貴婦人のことを述べたからそれが貴い思ひであるといふのは勿論無理な附會であつて、ソネットに對する作者の後日の批判に過ぎない。

【私の思ふ人々】 卽ち識者。

【心の部分を目の】 前のソネットで心が目を誡めてゐること。

【矛盾のない】 前章のソネットは目の誘惑とベアトリーチェを思ふ情（心）との戰ひであつて、この章のソネットは新しい婦人を愛する情とベアトリーチェを想ひおこさせる理性（魂）との戰ひである。前ではベアトリーチェがなほ殆ど全く心を支配してゐたのに、今ではこの心がはや新な愛に降伏してベアトリーチェを離れてゐる。ベアトリーチェの味方としては理性の外何もない。それゆゑ心そのものの變化を思ひ合せて考へて見れば前後に何等の矛盾もないことがわかるのである。

【こは誰ぞ】 『貴き思ひ』を指していふ。

【他の思ひ】 特にベアトリーチェを思ふ思ひ。

【愛の新しき靈】 卽ち散文の『《愛》の一靈感』。

【己が願ひを】 愛の願ひを私に起させるもの。

【その生命】 愛の靈の生命卽ち《愛》の靈感の元《もと》。

【われらの苦しみ】 魂と心との苦しみ（ベアトリーチェの死より受けた）。

三九

【理性のこの敵】 心卽ち慾情。

【第九鐘】 正午。『正九鐘はいつも晝の第七時の始め（正午）に鳴るべきものである。（「コンヴィヴィオ」四の二三）。nona はこゝでは名詞ゆゑ、形容詞として用ゐられた場合卽ち第九（時）と區別しなければならない。寺院の第三鐘時は午前六時より九時まで、第六鐘時は同九時より正午まで、第九鐘時は正午より午後三時までであつた。しかるに正午が一日のうちで最も尊い最も有德な時といふので、寺院では、日毎の勤行をなるべくこれに近づかせようとの考から、第三鐘時の勤めをその終り卽ち午前九時に、第九鐘時の勤めをその始め卽ち正午に行ふやうになつた。隨つて第六鐘時の勤めは自然に省かれた譯である。

【羞恥の】 こし方の過失を耻づる。

【その思ひをも私の】 卽ち一切の知覺を失ふやうなことが。

【何か苦痛を】 身に打撲をうけた場合などのことか。

【同樣の思ひ】 第二の愛人に對すると同樣の感情。

【視る力がなく】 泣き續けたため視力衰へて。

【讃語】 第十九乃至第二十二ソネット。

【視る人】 原、『かれら（卽ち目）を視る人』。

【二の願ひ】 散文の『泣くことだけを願つてゐる二の物』。

【苦痛の冕】 愛より起る歎きの深いため目のまはりの赤くなつたこと。

【《愛》はそこにて】 愛する心が苦痛の爲にその作用《はたらき》を失ふこと。

【哀しむもの】 思ひから出る大息。

四〇

【苦難】 感情と理性との戰ひ及び悔恨。

【榮光のうちで】 今天上にあつて。

【尊い御像】 傳說にキリストがその磔殺の場所へ曳きゆかるゝ途中エルサレムの一婦人の捧げし汗巾《あせふき》に殘し給へりといふその御貌。この汗巾はこれをヴェロニカ（天堂篇、三一の一〇三―五竝に註參照）と呼び、今猶ローマの聖ペテロ寺院內に保存されてあるといふ。中古特に世の尊崇を集めたもので、これを見るため（とりわけ一月祭や受難週に）諸國の信徒達は打連立つてはる〴〵ローマへ旅をした。

【行く】 va:『行く時』とは多分受難週など一年のうちでもローマへの順禮者が特に多く打連れてフィレンツェを通る時を指したのであらう。

【ペレグリーニ】 元來他國人の義。ペレグリーノはその單數。

【聖ヤコブの御堂】 イスパニヤ、ガーリチャ（天堂篇、二五の一六―八參照）州、サンチアーゴ・ヂ・コムポステルラにあるヤコブの靈屋《たまや》であつて、中古參拜者の甚だ多かつたところ。傳說に曰ふ、ゼベダイの子ヤコブ（「マタイ傳」二〇の二）等がヘロデ・アグリッパ王に殺された（「使徒行傳」一二の二）とき、其弟子達はひそかに遺骸を一艘の舟に托してこれが行方《ゆくへ》に任した。すると件の舟は風波に送られてガーリチャの一部に漂着した。そこは不思議にも丁度ヤコブが以前布教に從事してゐたあたりであつた。遺骨の葬られたところはその後久しく知られなかつたが、八三五年イリアの僧正テオドミロなる者、一の星に導かれて其處に行き漸く之を發見した。コムポステルラ（＝*campus stellae*：星の野）といふ名は卽ちこれに由來したものである云々。

【至高者】 神。

【海外に】 昔は聖地パレスチーナに旅することを「海のかなたへゆく」と言つた。

【パルミエーリ】 棕櫚を携ふる者の義、卽ち聖地への巡禮者。棕櫚の皮で卷いた杖を記念に持つてかへることから斯く（淨火篇、三三の七八參照）。

【ローメイ】 聖ペテロの墓やその他の靈地參拜のためローマに詣づる人々。但しこの語（元來ローマの義）舊はパレスチーナの人々などが、イタリアからかの地に行く人々を指す時の稱呼であつたが、いつしか變つてローマへの巡禮者の意となつたのであると註釋者は言つてゐる。

【ともにゐぬ者】別れてきた人々。

【姿】故郷の空なつかしげに思沈みつゝ行く姿。

【國】原、『人々』。

【大息の心】歎息《ためいき》のみつく心。『大息の道』（一〇）、『涙の室』（一四）の類。

【我に告ぐ】御身等若しフィレンツェの憂ひのもとを聞かば、必ず泣かずにをられぬことを私は自分のやるせない心に問うて知つてゐる。

【そのベアトリーチェ】フィレンツェに福を與へこれを聖化するもの。

このベアトリーチェはその字義（福を與ふる者）をも兼ね表したのであつて、學會本では beatrice となつてゐる。

四一

【二人の貴婦人】カーシーニの言ふ如く、ダンテの詩が當時既に廣く世に知られてゐたことは勿論、貴婦人間にも詩に對する深い愛のあつたことが、この記述によつて證明されるのである。

【これらの韻語】現に「新生」中に編入されてゐるダンテの舊作。

【前のソネット】第二十四ソネット。それゆゑかの貴婦人達に送つた詩は第十七、第二十四、及び第二十五と都合三篇のソネットである。

【結果の一】卽ち大息。切なる思ひがためいきとなつて現れるゆゑ。

【靈に於て】肉體を離れて。

【私の理智が】智力が思ひに伴はぬためベアトリーチェのありさまをダンテが充分に知り得ないこと。

「コンヴィヴィオ」でダンテは、人智には限りあるゆゑ、その到達しえない物のあることを言つてゐる（三〇四）。いふまでもなくこゝではダンテの思ひが詩人自身を離れて天上に昇り、そしてそこで榮光に輝くベアトリーチェの姿を見、後その次第を詩人に告知らすのである。

【かの哲人】　アリストーテレ（アリストテレス）。

【メタフィージカ】　Metafisica（形而上學）。アリストーテレの著書。

『ダンテは當時引用文によつての外「メタフィージカ」を知らなかつた。かれのこゝで考へてゐたのは、聖トムマーゾ（トーマス）が靈性の考察に於ける人間の智力を論ずるに當つてかの著作に言及した言葉である』（マッケンヂー）。

スケリルロの引用にかゝるトムマーゾの「コントラー・ゲンチーレス」第三卷中の一節に曰ふ、『斯の如く、たとひ靈體そのものが最も容易に理解しえらるゝものであつてもそれが人智にとつて最も容易に理解しえらるゝものとはいはれない。「メタフィージカ」の第二卷にあるアリストーテレの言葉は即ちこのことを示してゐる。その言によると、性質の最も顯著な物を會得する上の困難は我等から起るので物それ自體から起るのではない。人智のそれら顯著な物に於けるは恰も蝙蝠の目の日光に於ける如くであるから』。

【第二卷に】

或は第一（小）卷ともいふ、その第一章に。

【いとひろくめぐる天】　第九天（原動天）。そのかなたに過ぎゆくとは、第十天（エムピレオ）即ち諸聖徒の住むところに入ること。

【新しき智】　これまではわが思ひ（大息）が一度も有つたことのない、そして泣き悲しむ《愛》がこの時はじめてその中にそゝぎ入れたその智力（スケリルロ）。

【崇められ】　他の聖徒達に。

【輝きのため】　彼女の光明を仰ぎ、驚きあやしんで。

【羇旅の靈】　天上に昇つて行つたダンテの思ひ。

【傳ふれど】　件の思ひが天上の旅から歸つて、その見たものの話をすれど。

【告ぐるを求むる】　原、『これをして語らしむる』、憂ひに沈むダンテの心はこの思ひを促して天上の示現を語らしめるが、その語るところを聞けば言葉があまりに幽玄であつて理解することが出來ない。

この最後のソネットが次章と密接な關係を有してゐることはいふまでもない。卽ちこゝではたゞ恰も夢の如く漠然と詩人の腦裏に浮んだ淑女の榮光の姿が、其後の不思議な示現によつて次第に歷然とその心眼に映ずるにいたり、遂にかれをして筆を新にしてその愛人の消息を傳へんと思ひ立たしめたのである。

四二

【一の不思議な異象】　前章の詩やこの章の敍述から推して考へるに、これは多分註釋者のいふ通り天上のベアトリーチェに關する異象であらう。

前記の如く、ダンテの愛はかれの想像を驅つてベアトリーチェの榮光に達せしめたが、かれにはまだそれを詩とするほどの餘裕も自信もなかつたのである。詩としようとの願望は恐らく愛人の死後たえずかれの心頭に往來してゐたことと思ふ。しかしそれにはこの世に於ける彼女の生存の意義もさまで判然してゐなかつたであらうし、表現の方法などに就ても何等まとまつた考がなかつたのであらう。然るにその後想像が熟し異象が次第に確實となるに及び、詩人の心中にはいつかその愛人の微妙なありさまをそれに相適しく歌ひうるとの信念が萌して來た。隨つて彼はこれまでのやうなソネットで彼女の榮光を辿るよりも、しばらくの間研究思索に沒頭して、來るべき時のため準備をするの道を選んだ。後果してその時來つてかれの希望がその「神曲」に於て實現さるゝにいたつたのである。「新生」はこの意味に於て實に契約の匱《はこ》である。郷國を出でゝより寧日なく、他人のパンの苦きを味ふ境遇にありながら、よく一切の艱難を凌ぎつゝその約束を履行したのは、われらが彼に於て大いに偉とする所である。

但し「神曲」の構想が當時どの程度まで進んでゐたかは知り難い。

【知つてゐる】神の鏡に映《うつ》して見て。

【萬物爲に生くる者】colui a cui tutte le cose vivono：神。萬物はみな神にありて（神との關係に於て）生くる意を表はしたもの。

「ルカ傳」（二〇の三八）に tutti vivano a lui（ヴルガータ、*omnes…vivunt*）スケリルロの註によると、同様の句（*Regem cui omnia vivunt*）が寺院の法會に歌ふ聖歌の一部にある。

【どの婦人についても】一女性のことを詠じた詩としてはいかなる詩人の作品にも例のないものを作らうと。

【恩寵の主にまします者】大慈大悲にまします神。

【世々稱へらるゝ】*qui est per omnia secula benedictus*

原文では「新生」の末章がこのラテン語に終つてゐる。この一句はヴルガータに（文字に多少の相違はあるが）たび〳〵

見えるもの（「ロマ書」一の二五、九の五等）であつて、新約聖書ではアーメンがよくその後に置かれてある故、本によつては「新生」の末にもアーメンの加へられてゐるのがある。

註引用書目

オックスフォード版（ダンテ全集）

第三版

Tutte le opere di D. A., nuovamente rivedute nel testo dal Dr. E. Moore. Oxford, 1904.

第四版

Le opere di D. A., a cura del Dr. E. Moore, nuovamente rivedute nel testo dal Dr. Paget Toynbee. Oxford, 1924.

註にオックスフォード版とあるのは兩者共通のもの、ムーアとあるのは第三版を指す。

カーシーニ

La Vita Nuova di D. A., con introduzione, commento e glossario di Tommaso Casini, 2a edizione. Firenze, 1920.

學會本

Le opere di Dante, testo critico della Società Dantesca Italiana, a cura di M.

Barbi, E. G. Parodi, F. Pellegrini, E. Pistelli, P. Rajna, E. Rostagno, G. Vandelli. Firenze, 1921.

スケリルロ

「新生」Dante, La Vita Nuova e il Canzoniere, per cura di M. Scherillo, terza edizione, ritoccata. Milano, 1930.

「アルクーニ・カピートリ」Alcuni capitoli della biografia di Dante. Torino, 1896.

ダンテ

「新生」 Vita Nuova. 「コンヴィヴィオ」Convivio. エーロクェンチァー De Vulgari Eloquentia. 書簡集 Epistole. 神曲 La Divina Commedia.

「テンプル・クラシックス」

「新生」 The Vita Nuova 〔and Canzoniere〕, of D. A., translated by T. Okey. London, 1924. (Temple Classics).

バッセリーニ

La Vita Nuova, col commento di G. L. Passerini sulla lezione della Società Dantesca Italiana procurata da M. Barbi. Palermo, 1919.

バルビ

La Vita Nuova di D. A., edizione critica, per cura di M. Barbi. Firenze, 1932.

ボッカッチョ

Il Comento di G. Boccacci sopra la Commedia. Firenze, 1863.

「デカメローネ」Il Decamerone, cento novelle esposte e illustrate da M. Scherillo. Milano, 1924.

マッケンヂー

La Vita Nuova di D. A., edited with introduction, notes and vocabulary, by K. Mckenzie. Boston, 1921.

メロヂア

La Vita Nuova di D. A., con introduzione, commento e glossario di G. Melodia, 2a edizione. Milano, 1911.

ヴルガータ

Biblia Sacra, juxta Vulgatae, exemplaria et correctoria Romana. Parisiis, 1921.

ヴィッテ

「ダンテの抒情詩」 Dante Alighieri's lyrische Gedichte, übersetzt und erklärt von K. L. Kannegiesser und K. Witte. Leipzig, 1842.

おくがき

昭和四年九月岩波書店發行「新生」卷末の「新生の後に」から

本文は殆んど全部千九百二十一年イタリア、ダンテ學會出版の「ダンテ全集」に據つた。この全集中の「新生」はバルビ氏の校訂したものであつて、千九百七年版の同氏の「新生」（單行本）と大差ない。

固有名詞のうち聖書にあるものは大概邦譯聖書の讀み方に從ひ（マナ、ホサナ等特殊の言葉をも含む）その他はすべてイタリアの讀み方によつた。

散文中のラテン語はみな文語に譯してある。

飜譯に際して私は四種のイギリス譯（ノルトン、ロセッチ、リッチ、オーキー）、二種のドイツ譯（ツォーツマン、レクラム版）、及三種の日本譯（中山昌樹、久保正夫、平林初之輔）を參照した。

註ではスケリルロ、パッセリーニ兩氏の「新生」に負ふ所が最も多い。

大賀壽吉氏が本書飜譯の始めより終りにいたるまで數々の便宜と有益なる助言とを與へられ、且また本書のため參考書目を編成せられたことに對して私は心から感謝してゐる。

本書印刷前原稿を閱讀して種々大切な注意を與へてくれた人々、就中校正終了の時にいたるまで絶えず助力せられた矢板竹二氏に私は深く感謝してゐる。

岩波文庫版の「新生」について

本書は前記岩波書店發行の「新生」を再刷したもので、本文は固有名詞や送假名の一部のほか殆どすべて元の儘である。

註は解説を旨とし、異本、異説及その批判の如きは大概省略した。

索引は刪除した。舊版のやうにオックスフォード版の行數を掲げることは一般讀者にとつて何等の意義をもなさないので、文庫版の行數に合せて一々書改める豫定であつたが、原稿全部をとりまとめて印刷所に送る必要上それが出來なかつたのは遺憾である。他日本書の重版を見るやうの場合があれば、再び添附したいと考へてゐる。

本文及註の中、かの女とあつたのをすべて彼女と書改め、時々かぬなと振假名をつけたのは、彼女《かのぢょ》といふ讀方が、女性の代名詞として相適しくない感じを私に與へるからであつた。しかし從來の讀み方を選ぶ人々のため、全部彼女と改めるだけにして、一々假名を振らなかつた。

大賀壽吉氏の逝去は我國に於けるダンテ研究途上の一大損失であつた。ダンテに對する氏の熱愛とその眞摯な態度とは誠に稀に見るところであつて、或は講壇に立ち、或は文筆を馳せ、書庫を開放し、或はまた後進の學徒を集めて「神曲」を講じ、孜々として斯學の興隆に力めた。氏の一親友の言によると、氏の私生活そのものがすでにダンテに終始してゐたのである。晩年イタリア、ドイツ、イギリス等の諸國に歷遊したのも、いはゞダンテ行脚と稱すべきものであつた。卽ち到る處でその地のダンテ學者を訪問し、著名の圖書館に足をとゞめては詩聖の文獻を漁り、日本に於けるダンテの文獻をフィレンツェで刊行し、人の依賴あれば、新古圖書の買求めや、注文の勞をとることさへ厭はなかつた。昭和十二年突如病に冒され、また起つ能はざるにいたつたが、病院から私に送つたその最後の、そして代筆での手紙は、イタリアで發行した「ダンテ研究」の最新號の紹介であつた。多年に亙つて蒐集したその藏書は實に莫大の數に上つた。これらは氏の死後その遺志によつて京都帝國大學に寄贈され、現に硏究の資に供せられつゝあるといふ。私は今この小册子を上梓するに當り、氏のこしかたの生活とその業蹟とをしのび、且また氏から受けた幾多の示教を再閱して、新なる感謝と哀惜の念ひとがこもぐ〳〵胸に湧くを覺える。

學會本の發行以後イタリアではダンテの記念塔ともいふべき一大事業の計畫が進められ、その第一層として、千九百三十二年バルビ氏の「新生」が世の光を見るにいたつた。批判に考證に至矣盡矣の觀あるこの集成は諸大家の勞苦によつて漸次ダンテの著作全部に及ぶ豫定であつたが、その後さらにその消息を聞かない。恐らく未完成のまゝ中絕の已むなきに到つたのであらう。

ダンテ 新《しん》　生《せい》

1948年2月20日　第1刷発行
2016年2月23日　第18刷発行

訳　者　山川丙三郎《やまかわへいざぶろう》

発行者　岡本　厚

発行所　株式会社 岩波書店
〒101-8002 東京都千代田区一ツ橋2-5-5
案内 03-5210-4000　販売部 03-5210-4111
文庫編集部 03-5210-4051
http://www.iwanami.co.jp/

印刷・精興社　製本・中永製本

ISBN 4-00-327014-2　　Printed in Japan

読書子に寄す

——岩波文庫発刊に際して——

岩波茂雄

真理は万人によって求められることを自ら欲し、芸術は万人によって愛されることを自ら望む。かつては民を愚昧ならしめるために学芸が最も狭き堂宇に閉鎖されたことがあった。今や知識と美とを特権階級の独占より奪い返すことはつねに進取的なる民衆の切実なる要求である。岩波文庫はこの要求に応じそれに励まされて生まれた。それは生命ある不朽の書を少数者の書斎と研究室とより解放して街頭にくまなく立たしめ民衆に伍せしめるであろう。近時大量生産予約出版の流行を見る。その広告宣伝の狂態はしばらくおくも、後代にのこすと誇称する全集がその編集に万全の用意をなしたるか。千古の典籍の翻訳企図に敬虔の態度を欠かざりしか。さらに分売を許さず読者を繋縛して数十冊を強うるがごとき、はたしてその揚言する学芸解放のゆえんなりや。吾人は天下の名士の声に和してこれを推挙するに躊躇するものである。このときにあたって、岩波書店は自己の責務のいよいよ重大なるを思い、従来の方針の徹底を期するため、すでに十数年以前より志して来た計画を慎重審議この際断然実行することにした。吾人は範をかのレクラム文庫にとり、古今東西にわたって文芸・哲学・社会科学・自然科学等種類のいかんを問わず、いやしくも万人の必読すべき真に古典的価値ある書をきわめて簡易なる形式において逐次刊行し、あらゆる人間に須要なる生活向上の資料、生活批判の原理を提供せんと欲する。この文庫は予約出版の方法を排したるがゆえに、読者は自己の欲する時に自己の欲する書物を各個に自由に選択することができる。携帯に便にして価格の低きを最主とするがゆえに、外観を顧みざるも内容に至っては厳選最も力を尽くし、従来の岩波出版物の特色をますます発揮せしめようとする。この計画たるや世間の一時の投機的なるものと異なり、永遠の事業として吾人は微力を傾倒し、あらゆる犠牲を忍んで今後永久に継続発展せしめ、もって文庫の使命を遺憾なく果たさしめることを期する。芸術を愛し知識を求むる士の自ら進んでこの挙に参加し、希望と忠言とを寄せられることは吾人の熱望するところである。その性質上経済的には最も困難多きこの事業にあえて当たらんとする吾人の志を諒として、その達成のため世の読書子とのうるわしき共同を期待する。

昭和二年七月

《東洋文学》〔赤〕

- 王維詩集　小川環樹・都留春雄・入谷仙介 選訳
- 杜甫詩選　黒川洋一編
- 李白詩選　松浦友久編訳
- 蘇東坡詩選　小川環樹・山本和義 選訳
- 陶淵明全集 全二冊　松枝茂夫・和田武司 訳注
- 唐詩選 全三冊　前野直彬注解
- 玉台新詠集 全三冊　鈴木虎雄訳解
- 唐詩概説　小川環樹
- 完訳 三国志 全八冊　小川環樹・金田純一郎 訳
- 金瓶梅 全十冊　小野忍・千田九一 訳
- 完訳 水滸伝 全十冊　吉川幸次郎・清水茂 訳
- 紅楼夢 全十二冊　曹雪芹・高蘭墅補・松枝茂夫訳
- 西遊記 全十冊　中野美代子訳
- 杜牧詩選　松浦友久・植木久行 編訳
- 菜根譚　洪自誠・今井宇三郎訳注
- 浮生六記 —浮生夢のごとし　沈復・松枝茂夫訳
- 阿Q正伝・狂人日記 他十二篇（吶喊）　魯迅・竹内好訳
- 故事新編　魯迅・竹内好訳
- 新編 中国名詩選 全三冊　川合康三編訳
- 通俗古今奇観 付 月下清談　淡済主人訳・青木正児校註
- 唐宋伝奇集 全二冊　今村与志雄訳
- 中国民話集　飯倉照平編訳
- 聊斎志異 全二冊　蒲松齢・立間祥介編訳
- 陸游詩選　一海知義編
- 李商隠詩選　川合康三選訳
- 柳宗元詩選　下定雅弘編訳
- 白楽天詩選 全二冊　川合康三訳注
- ヒトーパデーシャ —処世の教え　ナーラーヤナ・金倉円照・北川秀則訳
- タゴール詩集（ギーターンジャリ）　渡辺照宏訳
- シャクンタラー姫　カーリダーサ・辻直四郎訳
- アタルヴァ・ヴェーダ讃歌 —古代インドの呪法　辻直四郎訳
- バガヴァッド・ギーター　上村勝彦訳
- 朝鮮詩集　金素雲訳編
- 朝鮮短篇小説選 全二冊　大村益夫・長璋吉・三枝壽勝 編訳
- 尹東柱詩集 空と風と星と詩　金時鐘編訳
- アイヌ神謡集　知里幸惠編訳
- アイヌ民譚集 付 えぞおばけ列伝　知里真志保編訳

《ギリシア・ラテン文学》〔赤〕

- 増補 ギリシア抒情詩選　呉茂一訳
- ホメロス イリアス 全二冊　松平千秋訳
- ホメロス オデュッセイア 全二冊　松平千秋訳
- イソップ寓話集　中務哲郎訳
- アイスキュロス アガメムノーン　久保正彰訳
- アンティゴネー　ソポクレース・中務哲郎訳
- ソポクレス オイディプス王　藤沢令夫訳
- ソポクレス コロノスのオイディプス　高津春繁訳
- ヒッポリュトス —パイドラーの恋　エウリーピデース・松平千秋訳
- バッカイ —バッコスに憑かれた女たち　エウリーピデース・逸身喜一郎訳
- ヘシオドス 神統記　廣川洋一訳
- アリストパネース 雲　高津春繁訳

- アリストパネース 蜂　高津春繁訳
- 女の平和 ―リューシストラテー　アリストパネース 高津春繁訳
- アポロドーロス ギリシア神話　高津春繁訳
- 遊女の対話 他三篇　ルーキアーノス 高津春繁訳
- 黄金の驢馬　アープレーイユス 呉茂一・国原吉之助訳
- アベラールとエロイーズ 愛の往復書簡　沓掛良彦・横山安由美訳
- オウィディウス 変身物語 全二冊　中村善也訳
- 恋愛指南 ―アルス・アマトリア　オウィディウス 沓掛良彦訳
- ギリシア・ローマ神話 付インド・北欧神話　ブルフィンチ 野上弥生子訳
- ギリシア・ローマ名言集　柳沼重剛編
- ローマ諷刺詩集　ペルシウス・ユウェナーリス 国原吉之助訳
- 内乱 ―パルサリア 全二冊　ルーカーヌス 大西英文訳

《南北ヨーロッパ他文学》〔赤〕

- ダンテ 神曲 全三冊　山川丙三郎訳
- 抜目のない未亡人　ゴルドーニ 平川祐弘訳
- 珈琲店・恋人たち　ゴルドーニ 平川祐弘訳
- 夢のなかの夢　タブッキ 和田忠彦訳

- カヴァレリーア・ルスティカーナ 他十一篇　ヴェルガ 河島英昭訳
- ルネッサンス巷談集　フランコ・サケッティ 杉浦明平訳
- カルヴィーノ イタリア民話集 全二冊　河島英昭編訳
- むずかしい愛　カルヴィーノ 和田忠彦訳
- パロマー　カルヴィーノ 和田忠彦訳
- カルヴィーノ アメリカ講義 ―新たな千年紀のための六つのメモ　米川良夫・和田忠彦訳
- 愛神の戯れ ―牧歌劇『アミンタ』　トルクァート・タッソ 鷲平京子訳
- タッソ エルサレム解放　A.ジュリアーニ編 鷲平京子訳
- ペトラルカ ルネサンス書簡集　近藤恒一編訳
- ペトラルカ＝ボッカッチョ往復書簡　近藤恒一編訳
- ペトラルカ 無知について　近藤恒一訳
- 無関心な人びと 全二冊　モラーヴィア 河島英昭訳
- 故郷　パヴェーゼ 河島英昭訳
- 美しい夏　パヴェーゼ 河島英昭訳
- 流刑　パヴェーゼ 河島英昭訳
- 祭の夜　パヴェーゼ 河島英昭訳
- 月と篝火　パヴェーゼ 河島英昭訳

- シチリアでの会話　ヴィットリーニ 鷲平京子訳
- 山猫　トマージ・ディ・ランペドゥーサ 小林惺訳
- 休戦　プリーモ・レーヴィ 竹山博英訳
- ウンベルト・エーコ 小説の森散策　和田忠彦訳
- タタール人の砂漠　ブッツァーティ 脇功訳
- 七人の使者・神を見た犬 他十三篇　ブッツァーティ 脇功訳
- ドン・キホーテ 前篇 全三冊　セルバンテス 牛島信明訳
- ドン・キホーテ 後篇 全三冊　セルバンテス 牛島信明訳
- セルバンテス短篇集　牛島信明編訳
- ドン・フワン・テノーリオ　ホセ・ソリーリャ 高橋正武訳
- 三角帽子 他二篇　アラルコン 会田由訳
- 葦と泥 付バレンシア物語　ブラスコ・イバニェス 高橋正武訳
- 人の世は夢・サラメアの村長　カルデロン 高橋正武訳
- 恐ろしき媒　ホセ・エチェガライ 永田寛定訳
- 作り上げた利害　ベナベンテ 永田寛定訳
- エスピノーサ スペイン民話集　三原幸久編訳
- 三大悲劇集 血の婚礼 他二篇　ガルシーア・ロルカ 牛島信明訳